三民叢刊 239

一個人的城市

黃中俊 著

三民書局印行

1 0 4

臺北市復興北路三八六號

三民書局股份有限公司收

廣告回信

台灣北區郵政管理局登記證

北台字第10380號

（免貼郵資）

姓名：　性別：□男　□女

出生年月日：西元　年　月　日

地址：

電話：（宅）　（公）

E-mail：

知識使你更有活力・閱讀使妳更有魅力

三民書局／東大圖書讀者回函卡

感謝您購買本公司出版之書籍，請您填寫此張回函後，以傳真或郵寄回覆，本公司將不定期寄贈各項新書資訊，謝謝！

職業：＿＿＿＿＿＿＿＿ 教育程度：＿＿＿＿＿＿＿＿

購買書名：

購買地點：□書店：＿＿＿＿＿ □網路書店：＿＿＿＿＿

□郵購（劃撥、傳真） □其他：＿＿＿＿＿

您從何處得知本書？□書店 □報章雜誌 □網路

□廣播電視 □親友介紹 □其他

您對本書的評價：

	極佳	佳	普通	差	極差
封面設計	□	□	□	□	□
版面安排	□	□	□	□	□
文章內容	□	□	□	□	□
印刷品質	□	□	□	□	□
價格訂定	□	□	□	□	□

您的閱讀喜好：□法政外交 □商管財經 □哲學宗教

□電腦理工 □文學語文 □社會心理

□休閒娛樂 □傳播藝術 □史地傳記

□其他

有話要說：＿＿＿＿＿＿＿＿＿＿＿＿＿＿＿＿

（若有缺頁、破損、裝訂錯誤，請寄回更換）

陳思和序——時代變遷中的文化愁緒

陳思和

還是黃中俊準備出國深造的時候，從深圳來到上海看望我，告辭時說起她有一部散文集，想請我推薦出版。中俊的散文我過去從深圳商報的週刊《文化廣場》版面上讀過，這個週刊是深圳胡洪俠先生所編，也曾經是我每期必讀的副刊之一。那時上海正在流行一批卿卿我我講求生活小情趣的女性作者隨筆，作者大都來自廣東，文章一律發自晚報或副刊，輕巧的內容與機智的文體，被一個敏銳的上海記者稱之為「三分聰明三分虛榮三分撒嬌再加一分才情」的「小女人散文」，這個名稱從此傳開去，一時成為女性隨筆作者的一種標記。而中俊雖屬女性、其散文又發表在商風濃烈的深圳，文化品位卻與專講個人情趣的流行散文截然有別，變動著的時代風氣悄悄吹入她的筆端，談城市，談文化，個人的愁緒裏彌漫著文化變遷的滄桑感，生活的記載裏隱藏著時代進步的兩難，讓人耳目一新。據說在深圳有一批中俊散文的固定讀者，他們大約都是來自各地的城市移民，中俊的散文喚起了他們對北京、上海等地方的回憶，也引起了他們對文化變遷的感嘆。我也是喜歡讀中俊散文的一個讀者，所以，當中俊把稿子送到我的手裏時，我毫不猶豫就答應把它推薦給出版社。

這部書稿在我手頭放了一段時間，原因是我當時存了一分私心，想編一套名為「同林鳥」的隨筆叢書，作者是一色的復旦大學中文系八二級同學。我當過這個班級的班主任，也算是他們的老師，至今還有不少學生與我保持著來往，他們畢業十幾年，在各種工作崗位上均已成材，有不少活躍在筆耕領域，辛勤勞作，已有收穫。我想把一個班級中數名同學的作品編成一套叢書，為師生之情留個永久的紀念。這個設想曾得到過一些青年朋友的支持，於是我也將中俊的稿子留了下來，因為她正是這個班級中的才女之一。但後來這套叢書沒有編起來，我太忙是原因之一，另外具體操作過程中也遇到一些困難，終於不了了之。不久，正巧三民書局的朋友來上海約稿，我就將中俊的書稿推薦給三民書局，又不久，聽中俊從國外來信說，三民書局已經接受了書稿，她希望我為這部散文集寫幾句話，作為序言。其實這部書稿本來已經有胡洪俠的序，他是最有資格為這本書寫序的，中俊的文章幾乎都是在他主編的週刊上發表並獲得影響的。不過，既然我對此書負有引介之責，就再多說幾句。

中俊出川時大約只有十五六歲的樣子，她以高分考入復旦中文系時，是班上最年輕的幾個同學之一，加上川女天生的嬌小，顯得十分稚氣。入學後沒有多久她莫名其妙地患了一場病，獨自住在醫院裏暗自傷感，這就是她在散文裏述說的，「十七歲的我頗有歷盡滄桑、看破紅塵的感覺」。其語不免矯作，不過當時這種感情恐怕是真的，我的印象裏她就是一個多愁善感、又絕頂聰明的女孩。大學畢業她考上了文藝學的碩士研究生，專攻小說理論。但拿到學位後，當時學生有了一點專業資本很想留在學術單位裏做學問，而她卻悄然遠走北京，到舞臺藝術世界去領略新的風光。那幾年北京人民藝術劇院在全國觀眾的心目中不僅僅是一家專演話劇的劇團，而是一塊最純粹最精神性的藝術聖地，是與老舍、曹禺、焦菊隱等藝術大師的名字緊緊連在一起的藝術舞臺，也可以說是中國當代藝術最高境界的象徵。中俊活躍在北京的藝術舞臺上，成長於藝術森林的樹蔭之下，自有諸多感受。但終於，在九十年代商業大潮澎湃之際她又翩然飛出藝術殿堂，來到了深圳，從事商務工作，儼然以一位白領佳麗出現在我的面前。我在中俊離開復旦以後再次見到她就是在深圳，此時她的事業蒸蒸日上，她在繁忙中手持著「一介秘書」的名片，另一面卻不斷發表散文創作，探討上海、北京、深圳三個城市的文化現象。在深圳她活躍在一批有志於文化事業的青年作家、編輯之間，煥然一新的精神氣象，與文化暮氣日沉的北京完全不同。那時中國文化正處於社會轉型的痛苦之中，彷徨哀嘆、萎靡不振的風氣彌漫著知識界，但我在深圳看到這批活躍、瀟灑、充滿著文化熱情的年輕人，真是感到意外。那時深圳有全國知名度很高的文化批判刊物《街道》、攝影雜誌《現代攝影》、還有就是商報週刊《文化廣場》，就是在這個被看作是文化沙漠的商業城市裏，從民間自發的文化力量生機勃勃地開展起來。令人可惜的是，這些健康、優秀的民間知識分子的文化事業慢慢地受到各種力量的扼殺，現在這些氣象已經頹然不見了。隨後中俊也離開了深圳，又一次振翅遠翔，這一次，她飛往了北美。於是，在散文裏她這樣說：「當初那種強烈的逃離故土的欲望卻一直如夢魘似地糾纏著我，使我從一個城市走到另一個城市，進行著走入——走出的循環，上海、北京、深圳……。我說不清自己在逃避什麼，生活的貧困？環境的沉悶？還是精神的委頓？我也說不清自己在尋找什麼，生活的舒適？事業的成功？開闊的眼界？自我的價值？精神的證明？抑或一次又一次的新感受？每一個城市都使我在愛過之後卻又心生厭倦，在決意停留之後卻又逃將而去。我走過的城市終於成為我駐足的驛站而不是我身心皈依的家園，我經過的一切構成我生命的底色卻無法繪就我人生最絢麗的畫卷。腳在哪裏，我的故土就在哪裏。」

對於中俊這部散文集，我在前面已經概括了兩句話：個人的愁緒裏彌漫著文化變遷的滄桑感，生活的記載裏隱藏著時代進步的兩難。我想說的大致印象即如此。由於她有著「行萬里路」的人生經歷，所以她這部散文集似乎可以叫作「三城記」，裏面處處閃爍著不同城市的文化信息。對北京，她看到了「一個連繫著最猙獰凌厲和最敦厚友善、最古老森嚴和最自由開放的北京的象徵」，在護城河旁黯淡簡陋的民宅與故宮高大森嚴的城牆之間她看到了尖銳的矛盾；對上海，她站在外灘，一面是中國流淌千年的混濁黃浦江，一面是充滿異國情調的洋行大廈群，深深體會到這個「如罌粟花一樣奇美的城市」的血腥與恥辱、自由與新生。顯然，中俊對城市的理解充滿了歷史的滄桑感，她既不同於那些文化保守主義者在北京舊文化上塗抹一層層光環，也不像那些小寶貝們陶醉在光怪陸離的上海殖民遺風裏樂不可支，中俊對城市發出的傷感、猶疑、一步三嘆，處處洋溢了文化層面的思考。由於這些城市對她來說永遠是客居驛站，她能始終以客觀的態度來觀察和反思其文化現象，不僅在空間上她沒有明確的偏向性，在時間的立場上，她也沒有過於偏執的傾向。如對話劇《北京大爺》所表現的文化兩難的尷尬言說，最能體現她的這種情感。她逐個分析了這個戲的編劇、導演、演員對北京文化傳統的不同態度和游移感情，最後她把自己也放了進去：「這美麗而遲暮的殘陽令我迷戀而又惆悵、欣賞而又厭倦，令我走近時欣喜若狂離開時又毅然決然。我動情於北京人林連昆的精氣神，我也認同廣東人中杰英的理性批判，而我更多的則是陷於青年任鳴和楊立新似的惶惑的兩難困境……其實，從二十世紀二三十年代起，中國知識分子對北京文化的態度一直就是複雜而矛盾的，其中的情與理又是誰能說得清、道得明的呢？」我想，一個世紀來的知識分子對北京文化的矛盾情感，又何嘗不是面對整個現代化進程中步履艱難的中國文化的矛盾情感呢？中俊不是個文化保守主義者，但她的發自內心的感嘆與矛盾，卻為這個時代特有的兩難處境，留下了真實的思考。

我更喜歡中俊在思考中的批判自覺，她在散文裏對許多文化現象都作出了自己的批判性思考。我看到她對北大精神的反思，對哈佛現象的嘲諷，甚至對朦朧詩人、「老三屆」的知青作家的思考，都有拍案叫絕的衝動。下面是我抄錄的一段作者在散文〈好人〉中對「好人」現象的反思：「以『一生平安』作為對『好人』鄭重其事的祝福，卻總讓人有想流淚的感覺——『一生平安』本就是人之為人最基本的需求，而我們日益發達的現代社會卻連這最基本的需求都保障不了，怎不讓人寒心？……世事繽紛、人心變幻，所有的理想都可以退去，所有的標準都可以淡化，而『好人』卻是我們最後的王牌、最後的護身符，是我們頹敗的城堡上最後一面迎風招展的破旗。因此，我們常對自己、對別人說：『我只想做個好人。』恨只恨卻有任賢齊之類的人，在夜深人靜的街角沙啞地唱起〈心太軟〉之類的歌，哭一樣的歌聲揭穿了我們的謊言直戳我們的內心，使我們禁不住淚流滿面：『你應該不會只想做個好人。喔，你總是心太軟、心太軟……』我的記憶裏，中俊總是一個天真活潑的女孩，但讀著上述一段話，怎麼也與原來的中俊印象對不起來，語氣的老辣沉重，顯示出其觀世閱歷的相當成熟。當我讀著這段話時，猛然意識到，新一代人真是成熟了。

重慶的山水、上海的學府、北京的藝術、深圳的商海……中俊跋山涉水，終於留下這道道屐痕，讀著這清雅的文字，彷彿能聞到人生跋涉的新泥芳香。現在中俊遠涉重洋身在異國他鄉，不知會不會有新的感受與新的文字發表？我期待著。

胡洪俠序——一個人在路上

1

……現在回想起來，幾年前的那個晚上其實別有滋味：北京來了朋友，我們很容易在深圳選了一家北京風味餐館接待她；她又介紹了一位她的朋友給我們認識，她的這位朋友原來在北京，眼下在深圳；酒過數巡，酒宴即成殘局，「這位朋友」竟然還沒到，只一再跟別人在電話裏說：「在路上呢！」

終於，黃中俊來了。嗓音清亮，人也清秀，白領麗人，一介秘書，連連道歉，款款落座。別人說她是復旦中文研究生，畢業後在北京人藝工作，現在就職深圳機場。簡直可笑！北京人藝是什麼地方？藝術殿堂，知道不？深圳是啥地方？為什麼要來深圳？為什麼坐不了冷板凳，耐不住寂寞？太可笑了……我大概就是如此這般地同黃中俊「寒暄」起來。大概是這樣，因為這是第二天別人向我轉述的，真實情況早就被酒精撞沉到我腦子中不知哪塊海域了，一時無從打撈。既然是這樣，我就打電話給黃中俊，表示歉意。我說我怎麼會這麼不禮貌，太可笑了。

黃中俊說，「昨晚你說我可笑，現在怎麼又成自己可笑了？」然後說了許多。

2

黃中俊善寫文章，這是我後來知道的。

一九九五年秋，深圳商報《文化廣場》週刊創刊，我身為主編，勉力而為，一心想在深圳闢一塊「共同的園地」，以「凝聚文化目光，表達文化關懷」，為所謂「文化沙漠」增添些許綠意。一時間，海內外各路高手雲集廣場，小小版面從此多事。我嘗試推出週刊自己的專欄作者，於是找到黃中俊，請她以「上海—北京—深圳：一位知識女性的文化之旅」為題，撰寫「城市屐痕」專欄。黃中俊不負所託，終於將這一專欄寫成了《文化廣場》的名牌產品，惹得許多作者讀者紛紛打聽黃中俊何許人也。無錫的一位作者偶爾讀了幾篇「城市屐痕」，大感興趣，認定是報刊上難得一見且言之有物的個性文章，即寫專文推薦（此文發表在《博覽群書》雜誌）。

廈門大學藝術研究所所長易中天先生來深圳搜集材料，想寫一篇解讀深圳的文章。他託人找到我們，說是很多人向他推薦《文化廣場》，想借一套週刊讀讀。幾天後他打電話說，《文化廣場》的確好看，尤其黃中俊的文章對他極有參考價值，問是否能約見一下，深入談談。黃中俊那幾天正忙著公司裏的重要會議，很遺憾，兩個善讀城市的人緣慳一面。

本書所收文章的主體，即是黃中俊的「城市屐痕」專欄。自楊東平《城市季風》一紙風行，解讀城市的文章專著不絕於媒體。大小都市都成文化招牌菜，任東西南北的食客們咀來嚼去。與那些剛一動筷子就想寫名菜欣賞的人不同，黃中俊是腳踏實地在上海、北京、深圳各生活過幾年的，這三道菜她吃起來絕不輕鬆，因為那是在咀嚼自己的過去；她筆下的城市風景可能與別人無關，卻與自己的生活脈絡和悲喜哀樂相連，所以她筆下的城市是她自己，是她樂於或不堪回首的往事。

然而我要說的，並不是這些。

3

本書並非是雜亂文章的無序結集，幾十篇文章都被一明一暗兩條線索牽著，明的一條是「城市」，暗的一條是「流浪」。城市不過是黃中俊筆下的一條船，流浪才是這船上的真正乘客。這裏沒有「妹妹你坐船頭」那樣的輕佻，沒有「阿嬌搖著船，唱著那古老的歌謠」那樣的溫情，沒有「讓我們盪起雙槳」那樣的輕鬆，沒有「能否搭上你的客船」那樣的明知故問，這裏有的是現代知識女性的一種困境：總是要尋找，因而流浪，因而逃避；總是免不了要身陷「圍城」，但是又不甘心，不回頭，執意再一次出發；於是再去尋找，再去流浪。

流浪因尋找而起，現代人大都在上演尋找的悲劇，連生長在四川盆地的小女孩也未能例外。童年時，她猜想上海外灘細沙平鋪，北京金水橋金光閃閃，於是去尋找，結果，「外灘原來沒有沙，金水橋的水也只是死水一潭」；她執著於逃離故土，最後發現自己是「無土漂流」；她從一個城市走到另一個城市，但又說不清在逃避什麼，在尋找什麼。「每一個城市都使我在愛過之後卻又心生厭倦，在決意停留之後卻又逃將而去。我走過的城市終於成為我駐足的驛站而不是我身心皈依的家園……」（〈無土漂流〉）

她面臨的問題不是不知道尋找什麼，而是總也找不到。她在深圳尋訪，想給自己這個城市找個象徵，但找不到（〈尋訪城市象徵〉）。她鍾情於朦朧詩，想尋找青春歲月的詩意延續，然而，她最終在深圳看到了朦朧詩時代的終結（〈走過朦朧詩歲月〉）。她想看一眼真正的貴族，可是，「中國的貴族早已走到了最後並定格在了白先勇那些淒婉美麗的小說中。嚴格地講，今日中國無貴族」（〈最後的貴族〉）。她對北大的嚮往執著而持久，然而，北大百年校慶的異常熱鬧之中，她發現北大人離北大精神其實已相當的遙遠，「他們似乎忘了，現在的北大已很少發出振聾發聵的時代之聲……」；她真的失望了，「我心中的北大卻已漸漸黯淡。這樣的結局於我、於我多年來執著而持久的嚮往，都是殘酷的」（〈未名湖隨想〉）。

一個人的追尋能經得起多少次「這樣的結局」呢？

4

黃中俊並非是消沉者輩，她是向前走的人。向前走有兩種方式，一是「闖」，披荊斬棘，劈波斬浪，百折不彎，百死不回；一是「避」，騰雲駕霧，騰挪閃轉，為向前而躲閃，為前行而出逃。「闖」為至剛，至剛易折；「避」為至柔，至柔則剛。黃中俊是走「至柔」一途的，所以她總是流浪，又始終執著。她是睜大眼睛自甘流浪，而不是閉上雙目隨波逐流。她也回故鄉，但知道「我只是探親而不是回家，我只是過客而不是歸人」（〈無土漂流〉）；她向前走，但也知道身陷「圍城」是不可避免的命運。「於我的生活而言，那更契合『圍在城裏的人想逃出來，城外的人想衝進去』的『圍城』意象的，該是我不斷循環往復的衝進去又逃出來的城市之旅吧？」（〈「圍城」是座什麼城？〉）

一路流浪下來，她沒找到多少想找的東西，卻找到了「流浪」本身。她原以為流浪是這樣的，「有經濟為基礎，有山水為背景，有歷史文化為底蘊，再有小小的憂鬱和寂寞為點綴，流浪美麗而浪漫」。結果呢，「導遊那茫然的眼神、淡漠的表情和低沉的聲音才是流浪的人的真實形態，導遊傳達的那種孤獨、漂泊以及擺脫不掉的命運感才是流浪的真實意義，而這種與生命同構的特徵才是流浪動人心弦的力量，是流浪美麗而浪漫的根本所在」（〈1664〉）。

一路尋找下來，她也找到了「尋找」本身。書中有一篇〈尋找《黑王子》〉，值得我在這裏鄭重推薦。此文情節性很強，幾乎堪當小說讀。一連很多年，她都在尋找《黑王子》這本書，費盡千辛萬苦而不得。有一天她忽然想到，她應該放棄尋找的念頭了，因為她發現她就是「黑王子」，「而認識到這一點也許就意味著我已找到了《黑王子》，那麼，我何不就放棄尋找《黑王子》，何不就讓它永存於我的想像與思考中……」（〈尋找《黑王子》〉）文章到這兒已是入了禪境，不想結尾又波瀾突起，當她決定不再找的時候，竟有人把英文版《黑王子》給她送來了。這稱得上是一篇關於「尋找」的寓言。

找到「尋找」，找到「流浪」，比找到一座城市、找到一個人更深刻，更難得。都找到這一步了，以後大可不必再找什麼。

5

凱魯亞克的流浪文學經典《在路上》，原稿本是打在一張長達一百二十英尺的紙卷上，整本書只是一篇長長的無邊無際的文字，沒有空行，沒有空格，也幾乎沒有標點。「垮掉的一代」認為這是「自發性寫作的自白結構」，是小說形式的天才創新，然而出版社不幹，一定要分段，加標點。金斯堡後來說：「原來的瘋狂手稿比出版後的樣子好多了！」

凱魯亞克想給他的思想提供一個任意流動的足球場，而不是需要「紅燈停，綠燈行」的規整街道。由此我想到，黃中俊的這些小文章似乎太小了，太整齊了，太有條不紊了，太中規中矩了。讀她的文章，我時時感覺到她的流暢平滑的文體包容不了她坎坷不平的流浪心思，彷彿紙裏包不住火。這或許原因不在她，因為專欄的篇幅和形式不由她決定。我的意思是說，黃中俊應該像尋找「尋找」、尋找「流浪」一樣，去給她的這些流浪文字尋找一個更為合適的形式，使尋找更像尋找，流浪更像流浪。

許多高喊流浪、孤獨的人其實是在路邊，像電線桿子一樣立在那兒顧影自憐，而黃中俊是在路上。她是一個為文做事極認真的人，流浪也流浪得非常認真，於是較常人更多幾分苦處，增了幾分難與人言的隱痛。她所供職的深圳機場是為在路上的人服務的；她每天上下班要往返六十多公里，需要很多的時間在路上；她下一個流浪的城市不知是哪座，但相信下一個也不會是終點站。萬一她把自己譯成英文去了北美的某座城市同《黑王子》會合，我們也不會感到奇怪。以後朋友們再相聚暢飲，她就不是遲到而是缺席了。打個電話問問她在哪兒，回答沒準兒還是幾年前的那一句：

「在路上！」

自序

黃中俊

從出生到中學畢業，我在重慶生活了十六年。雖說重慶是中國西南的大城市，但我生活的兵工廠區卻與市中心山脈阻隔、與農村相融無間。廠裏的人把逛街叫「趕場」，把去市中心叫「進城」，那僅有的一條進城的公共汽車線路，每晚總是早早地就收了車。我的家在一座山坡上，屋後是工廠的圍牆，屋前是成片的農田，有段時間農田當中還闢出了一個養殖場。童年的我就是一個人站在山坡上，聞著菜蔬和牲畜的味道，看著農民們勞作的身影，開始構築我對山外邊那些遠方城市最初的夢想。那些年裏，重慶彷彿永遠都是夏天，永遠都是正午，烈日當頭之下，我的夢想寂寞而無望。

我從來就不是一個行動與夢想一樣多的人，雖然內心滿懷夢想，行動卻是隨遇而安。然而有一天，當我駐足回望我的生命足跡的時候，我卻發現，就像是命運的安排，不知不覺中我已走過了我夢想的城市。

如今，我以「城市」為題，連綴我的城市，收拾我的足跡，整理出版我的第一本書，以了卻二十多年前那個站在山坡上被重慶夏天正午的太陽曬得又黑又亮的女孩對遠方城市最初的寂寞而無望的夢想。

一個人的城市 目次

書窗外的城市

城市舞臺

別人的城市

城市之間

尋訪城市象徵

深圳，一個鬱熱煩躁的秋日。

白天在公司，與一位美術教授商談一個大型活動的設計方案，處理了諸如啟用合同章、聘請律師等等文件，接到陳思和老師悼念張愛玲的文章立即傳真給了報社編輯，忙裏偷閑，掃了一眼宮雪花選美謊言和外星人解剖騙局……

入夜，我在燈下翻讀大學時代寫的一篇名為〈文學中的象徵〉的論文。樓下飄上來燉品的香味，窗式空調的噪音壓不住隔壁卡拉ＯＫ的歌聲。沉浸在恩斯特・卡西爾「符號的宇宙」和波德萊爾「象徵的森林」裏，理解著象徵的「異質同構」意義，我想，一個城市有沒有象徵？一個城市最瑣碎、最平實的生活有沒有象徵？而什麼又是這個年輕而躁動的城市的象徵呢？

多年以前在上海讀書的時候，我總愛在外灘流連。有時，我順道從香風彌漫的南京路走到外灘，有時則專程從位於江灣的復旦出發，乘車經過外白渡橋到達外灘。一面是中國流淌千年的混濁的母親河，一面是充滿異國情調的洋行大廈群，外灘濃縮著十九世紀中葉開埠以來東西交匯、華洋共處的上海歷史，記載著這個如罌粟花一樣奇美的城市的血腥與恥辱、自由與新生。夜霧微浮的時候，看夠了江上明滅的燈火和遠處城鎮的輪廓，我常轉過身，伴著黃浦江上亙古不變的濤聲和略帶苦澀的江風，觀望匆匆或悠閑的行人，猜度新月型的大廈群裏哪幢是上海總會，哪幢是日清輪船公司、大英銀行、義大利郵船公司……外灘，在我心中一直是上海最美麗的風景、

三十年代的上海外白渡橋

最精緻的象徵。

當我的思緒在外灘的上空飄蕩的時候，我想起了一位不久前在遙遠的大洋彼岸孤身遠去的老婦。我恍然又重回外灘，透過半個世紀的煙雲，於灰色的人群中看見年輕高䠷的她，走出公寓到外灘看風景、聽市聲：官僚、買辦、姨太太、闊得無聊的遺老遺少、閑得無聊的少爺小姐、雨夜的霓虹燈、鹽水花生和烘山芋、雞蛋與香精的氣味、夜晚櫥窗中裸露的木製模特兒……她代表著並用自己的筆觸及著上海人最真實的生活和靈魂，即使看見警察打人，她表現出的也只是「想去做官，或是做主席夫人」的典型上海人式的「不甚健康」的「奇異的智慧」。這個受過傳統淑女教育和香港西式教育的奇女子，這個由上海灘熏陶出來的女才子——張愛玲，在外灘的背景下構成為我心中上海的象徵。她書寫著「傳統的中國人加上近代高壓生活的磨練，新舊文化種種畸形產物的交流」而產生的上海小市民最世俗又最華麗的樂章，最終成為如罌粟花一樣奇美的海派文化的代表。

大學畢業以後到北京人藝工作，我愛從五四大街走到東華門旁的筒子河畔散步。筒子河就是舊時的護城河，依河而建的是一排最簡陋的民宅，與民宅僅一條石板路相隔的，便是故宮高大森嚴的城牆。夏天，透過依依楊柳，抬頭看故宮的紅牆金瓦和角樓，看鴿子從藍天上飛過，我真正理解了什麼叫「天子腳下」。冬天，在殘雪的靜穆中，我彷彿聽到宮內有悠遠的鐘鼓聲傳來，黯淡的民宅裏有時會有一聲清亮的京胡劃破長空，令人產生一種蒼涼的感覺。筒子河畔的風景，濃縮了我對北京的所有認知和理解，成為我心中千年古都的絕妙象徵。

春寒猶厲的季節，在筒子河邊散步，我有時會產生幻覺，彷彿看見半個多世紀以前，一個背著書包、凍得有瑟縮之狀的窮家孩子——童年時的于是之，因為一位故宮裏專司剪除石縫間雜草的老人為他疏通了東、西華門的守衛，每天在故宮裏穿行，從西華門外的窮家走到東華門外的新式的孔德小學上學。而不遠處的紅樓裏，正聚集著當時中國最傑出的文化精英。於是，童年的于是之在我眼裏便成為一個象徵，一

老北京護城河

個本世紀初帝制崩潰之後的北京的象徵，一個連繫著最猙獰凌厲和最敦厚友善、最古老森嚴和最自由開放的北京的象徵。潦倒而自得其樂的單弦藝人、看透世態炎涼的茶館老掌櫃、飽經風霜而善良樂觀的車夫、醫道高明的儒醫、再貧困局促也忘不了寒暄虛禮的生活習性、「有牙的時候，沒有花生仁，好容易有了花生仁，又都沒了牙」的苦澀的幽默……于是之後來成為了以老舍為代表的京味文學最具權威性的舞臺演繹者，成為了最平民化又最藝術化的北京人藝風格的典型代表。

到深圳後供職於一家國有企業，少了求學年代和從藝時期的悠閑，但我仍努力在零亂瑣碎的日常生活中感受深圳的內涵，仍希望為這座我熱愛的城市尋找美麗的象徵。也許，人們會說國貿大廈就是深圳的象徵，但我認為或許說國貿大廈是「三天一層樓」的深圳速度的象徵更為適宜。老街和中英街呢，恰當地說是理想的購物天地而非意義豐富的人文景觀。華僑城則太新了，雖然有完整簇新的中國風景、民族風情、世界風光，從中卻難以找到深圳本土的歷史文化痕跡。大鵬鎮的「大鵬所城」又太古了，孤寂地偏居關外一隅，它更多地負載著沉重的歷史意義，而較少與深圳發達的現代文明相關聯。在南頭關口，香港的大貨櫃與形形色色的內地車輛同驅，鄉下出來的打工妹、高校畢業的大學生與本地克勤克儉的村民、香港富貴氣十足的老板並行，頗能體現深圳中國文化與香港文明相交匯、歷史上的南蠻之地與當今改革開放的窗口相重疊的雙重意義，而那車與人，又只是流動的而非凝固的風景……於深圳來說，談城市象徵似乎太早了。

在深圳短暫的歷史上，生動火熱、起伏跌宕的生活中一直不乏藝術觀照者，他們在記錄自己艱辛跋涉的足跡的同時，也一直在執著探尋深圳世俗生活之真味。但打工文學起點不高，而且常常表現出對鄉村生活的眷戀和對都市生活的疏離；新都市文學又是理論先行，尚未有真正揭示深圳人日常生活意義的作品面世；粵劇失之古老內閉，無法涵蓋移民城市新潮多元的文化色彩；電影、電視劇較多地體現出體制上

深圳夜景

的成功而非藝術上的成功，即使偶有藝術成就，也多是取材於遙遠的中國北方、遙遠的中國歷史或者遙遠的文學名著甚至莫須有的神秘國度，立足於深圳現實的那幾部，又未免失之浮光掠影……所以，我曾對朋友戲言：深圳無象徵。

也許是我太苛責了。上海自正式開埠已有一百幾十年的歷史，北京自元朝正式定都歷史更是已逾七、八百年。十幾、二十年，對一個城市來說，實在是太短了：迅猛的發展使它無暇回顧、總結，躁動的心態使它不屑靜觀、反思，年輕氣盛因而缺乏歷史的深邃感、厚重感，斑駁陸離的現實又難以凝聚凸現較為統一的風格。如果說上海、北京已在時間的流逝中形成了自己的城市象徵的話，那麼，深圳正在歷史的行進中由年輕走向成熟、由浮躁走向沉穩，正在創造並積澱著自己的城市象徵。

很多年以後，一定會有人津津樂道於尋訪深圳的城市象徵，正如我之津津樂道於尋訪上海的外灘和張愛玲、北京的筒子河和于是之。

走過朦朧詩歲月

那天，在報上讀到詩人劉湛秋拍賣英兒私情的新聞，我心裏湧出一絲難過，因為這令我想起了已成異國孤魂的朦朧詩人顧城。也是那天，一位兼職編輯企業報的朋友找我幫忙，說想在「名作鑒賞」欄目介紹食指的作品。當我把由北京一位舞美師朋友擔任設計的食指詩集交給他的時候，我非常激動，為深圳還有人憶起朦朧詩、憶起食指——一位被遺忘在北京精神病院的中國朦朧詩的拓荒者。

我們這一代人可以說看到了朦朧詩由盛而衰的大致歷程，而朦朧詩也可以說伴隨了我們的青春歲月。八十年代初，當我跨入大學校門的時候，朦朧詩正處於群星燦爛的鼎盛時期。因六、七十年代與政治文化中心北京的疏離，上海未能成為這場詩歌革命的先鋒，但朦朧詩以其沉痛的反思、深刻的哲理、悲壯的激情、豐富的意象震撼了上海，震撼了新時期的上海大學生。我不會忘記北島的「我不相信天是藍的／我不相信雷的回聲／我不相信夢是假的／我不相信死無報應」的〈回答〉，一直是我大學時代的信念；沿著顧城〈別了，墳墓〉的指點，我曾去拜謁重慶沙坪公園的紅衛兵墓群；舒婷那些美麗憂傷的詩被我奉為對友誼和愛情的最好闡釋；我曾精心分析朦朧詩的意象，寫下了一組解讀顧城、江河、牛波詩歌的文章……

八十年代末，我進入北京的時候，朦朧詩作為一個文學運動已經落潮，但朦朧詩曾經給我的震動仍縈繞我心。我仍然閱讀朦朧詩，還向劇院的演員推薦可供朗誦的篇什。我一方面尋覓著朦朧詩最初最遙遠的聲音，另一方面，我也目睹了朦朧詩人的消遁。在芒克與他學話劇的女友舒適的寓所，我曾聽黑大春闡述早期作品〈圓明園酒鬼〉；在江河的家中，我與嫁為江河妻的大學同窗共讀被稱為早期朦朧詩「紀念碑」的江河名篇〈紀念碑〉，而我最終也目送她

詩人芒克：從朦朧到現實

遠涉重洋追隨江河而去；我也瞭解了食指，瞭解了從一代人的歌者與象徵到精神病人的食指，從他描寫上山下鄉告別北京悲壯場面的〈這是四點零八分的北京〉、被知青輾轉傳抄的〈相信未來〉一直讀到了寫於精神病院的〈歸宿〉：「埋葬弱者靈魂的墳墓／絕對不是我的歸宿。」

九十年代初，當我攜帶所有的詩集南下深圳的時候，我已過了讀朦朧詩的年齡，而朦朧詩和朦朧詩人更是已杳如黃鶴。在深圳，有位朦朧詩人炒股發了家；報上在連載筆名蘇靈的朦朧詩人的《深圳的一百個女人》；我看見舒婷在寫為人妻為人母的散文；朋友來信說芒克在寫小說；顧城魂斷激流島後，《英兒》出現在文稿競價場上……也許，特定的歷史和自身的局限造成了朦朧詩人的速生早衰，在新的歷史時期到來的時候，他們紛紛作別朦朧走向現實，重新對生活道路進行選擇。於是，他們出洋、炒股或者改變寫作方式、居家過日子……我最終在深圳看到了朦朧詩時代的終結。

但是，一代人有一代人的聲音，朦朧詩曾經給我們這一代人心靈的撞擊永遠不會消失，曾經給我們的青春歲月所賦予的正義、理性、美麗、憂傷的色彩永遠不會褪淡。於我而言，朦朧詩已成為一種青春記憶、歲月留聲。當辦公室的一位女孩說她讀不到令她感動的詩歌的時候，我多少為她感到遺憾。

中國詩歌已走過了朦朧詩歲月。前朦朧詩人已走過了朦朧詩歲月。我已走過了朦朧詩歲月。我曾與北京的那位舞美師朋友相約，要拍攝一部介紹食指的電視專題片，並以此作為對我的朦朧詩歲月的祭奠。

最後的貴族

我在深圳機場等待從北京來的班機。我非常高興能在深圳見到北京好友濮存昕，能在飄蕩著些許新貴氣的深圳領略到有銀幕上「最後的貴族」之稱的濮存昕的風采。我站得離出口遠遠的，希望能看見濮存昕從灰蒙的人群中優雅地走來，一如在電影《最後的貴族》中……

還是在上海讀書的時候，我就十分關注謝晉將白先勇的小說《謫仙記》改編為電影《最後的貴族》。我曾經專題研究過白先勇，聆聽過他授課，瞭解在臺灣評論家稱之為「作家中最後的一個貴族」。我尤為喜歡他筆下被稱為「王謝堂前的燕子」的沒落貴族。同時，我又熱衷於大導演謝晉充滿理想主義和革命豪情的煽情動人的電影，經常被感動得熱淚盈眶。因此，我心裏存著懷疑，舊中國最後的貴族與新中國成功的藝術家、哀怨傷懷與積極進取、輕描淡寫與濃筆重彩、強調感覺表達與注重政治教化……白先勇其人其小說與謝晉其人其電影相距甚遠，謝晉真的能成功地塑造出中國最後貴族的群像嗎？

觀看《最後的貴族》，是在北京人藝劇場。看完電影的感覺是：謝晉未能展示最後貴族「王謝堂前」的繁華，也未能觸摸到他們「飛入尋常百姓家」的失落滄桑；潘虹未能把握似失群的孤雁、無根的花朵的李彤的沒落貴族氣質，更未能表現出李彤失落靈魂的人生悲劇。反倒是出生書香門第、有過坎坷經歷的濮存昕所飾演的陳寅，很有幾分貴族氣；出生名門世家、在中美均受過高等教育的英達所飾演的周大慶，頗得旅美華人之真味……我困惑了：最後貴族白先勇和李彤的根在舊上海，作為新上海人的謝晉和潘虹未能傳達出他們的風采，可作為新北京人的濮存昕和英達卻多少有上海昔日貴族的感覺！

後來，因為工作關係，我對濮存昕和英達的家世有了瞭解，與他們的父親——蘇民和英若誠有過接觸。白先勇到人藝聯繫小說改編事宜，我又與他進行過探討。漸漸地，曾經令我困惑的難題變得簡單起來。上海自正式開埠到一九四九年，歷史不過一百年。政治權貴的高度雲集、商業經濟的迅猛發展、西式教育的廣泛普及，雖然促成了上海新貴的速生，卻不可能使上海在一百年內營造出濃厚的貴族氣息。而新中國的成立又扼斷了貴族的脈息，原本細若游絲的貴族氣息終於在「興無滅資」的口號中煙消雲散。而北京就不同了。北京自元朝正式定都歷史已逾七、八百年，一種濃重的皇都貴族意識已根深蒂固。新中國之定都北京，又使這種意識以改頭換面的形式延續，飄浮於高牆之後、大院之中、紅色貴族的談笑間、家庭沙龍的杯盞裏……於是，便有了帶著一絲貴族氣的新北京人濮存昕和英達，便有了《最後的貴族》中的陳寅和周大慶。當然後來，我的這兩位人藝同事未能「貴族」下去。於演員濮存昕而言，中國話劇和影視難以為他提供飾演貴族的機會，而導演英達呢，卻轉向了《我愛我家》式的市民趣味。

「最後的貴族」濮存昕

《最後的貴族》已沉寂多年。然而有一天，中國的大街上卻如雨後春筍般地冒出了以貴族為標榜的服飾、汽車、酒店、學校，彷彿這片貧瘠的土地上真的新貴雲起似的。

其實，今天所謂「貴族」，更確切地說，應稱為「先富起來的人」。有趣的是，在深圳，先富起來的人不少，可「貴族」一詞的出現頻率卻低於北京、上海。因為深圳人知道，貴族不是十幾、二十年就能培養起來的，富與貴也並不是必然相連的。深圳人更習慣稱先富起來的人為「老板」，大概沿襲千年的「貴族」一詞總令人想起沒落、暮氣、因循守舊、繁文縟節、失去創造力等等。而於我來說，中國的貴族早已走到了最後並定格在了白先勇那些淒婉美麗的小說中。嚴格地講，今日中國無貴族。

那邊，濮存昕已走下飛機，於灰蒙的人群中優雅地向我走來……

童話馬車

金秋的世界廣場，一個被命名為「巴黎之夜」的夜晚。當一輛漂亮的馬車載著理查德・克萊德門繞場一周的時候，我禁不住離開座位，擠在汗淋淋的人群中向前觀望。雖然那曾經在我學生時代響起的琴聲早已離我遠去，但我仍想走得近近的，看一眼童話馬車上的浪漫鋼琴王子……

克萊德門琴聲最早彌漫中國大地的時候，我還在上海讀書。當時，那動聽抒情、流暢華美的琴聲如白雲舒展在我心靈的天幕上，令做著青春夢的我迷戀不已。走在校園的林蔭道，聽著從某一扇昏暗的學生宿舍窗戶裏飄出一曲〈水邊的阿狄麗娜〉或者〈秋天的私語〉，我常會湧出一種感動，想合著如水的旋律微笑、流淚或者沉思……那是怎樣美好的青春感動啊！

已記不清是從什麼時候開始不聽克萊德門的。反正，走出校園後的日子便是不停地奔波、忙碌。當再次飄來的克萊德門琴聲令佇立街頭的我有驀然回首之感時，已是多年以後在深圳。歲月流逝，我驚異地發現，克萊德門琴聲早已不是青春感動所能詮釋的了。

春季，浪漫鋼琴王子駕著童話馬車在中國巡迴征戰。北京，再度來臨的克萊德門風頭被一瑞士搖滾樂隊搶去，上座率只有六七成，觀眾也沒有狂熱。傳媒方面，溫和的《戲劇電影報》聚集著名音樂人，娓娓而談克萊德門音樂的廳堂性質、背景助興作用以及「康師傅」似的快餐特徵，稱〈梁祝〉、〈一條大河〉是媚中國人的俗；激進的《北京青年報》則大張旗鼓

浪漫鋼琴王子理查・克萊德門

打出了「倒克」旗幟，以大字標題直言浪漫鋼琴王子「褪色了」……恰如以往許多文化思潮一樣，北京以其高水準的文化素質、理論積澱以及慣有的敢破敢立、開創先聲的氣勢，又一次站在了「倒克」浪潮的浪尖上。

上海，克萊德門梅開二度，觀眾的反應卻只是「溫吞水」似的淡漠。傳媒的態度呢，用上海一位朋友的話說，則是：輕描淡寫，一筆帶過。

與京滬存在著天然文化落差的深圳，初次光臨的克萊德門刮起了小旋風。他在體育館的演出反響強烈；報紙在認真全面地介紹他的成長經過、風格特點，稱〈梁祝〉、〈一條大河〉最能引起觀眾共鳴；對京滬的反響，傳媒不聞不問；報上一篇煽情的散文詩寫道：「你那使億萬音樂愛好者癡迷的鋼琴世界已經使他們再也不敢奢談所謂意境之美了。」……而我呢，看著公司的大姐們紛紛帶著孩子湧向體育館，畢竟感到高興：從象牙塔到體育館，鋼琴欣賞活動辦到如此規模，在深圳終究是第一次。

僅僅半年以後，克萊德門興沖沖再度來深，遭遇到的卻是不失禮貌的平靜。一方面，深圳尚未具備足夠的文化準備和文化勇氣去應和北京「倒克」的聲音；另一方面，深圳又少了前次捲入克萊德門旋風的輕率和浮躁。音樂學校一位青年教師對我說：克萊德門音樂是高雅的鋼琴藝術中的流行音樂；克萊德門創作才能出眾，但層次不高；他的演奏水平僅為中流，我們學校任何一個獲獎學生都可以超過他；他的意義僅僅在於讓人知道鋼琴。發表完一番客觀中肯的克萊德門評論後，青年教師聳聳肩：如此而已……

隨著〈隨風而逝〉的響起，那輛漂亮的童話馬車在我眼前急馳而過，正如浪漫鋼琴王子的琴聲在我生命中急馳而過一樣。走出青春校園的我後來便不再迷戀克萊德門美麗簡單的音樂，一如人長大了，便不再相信童話馬車、浪漫王子的傳說一樣。一個人是如此，一個城市又何嘗不是如此呢？

然而，為了逃避紛亂現實，為了重溫青春美夢，或者為了那一分佇立街頭驀然回首的感動，我有時依然渴望回到克萊德門的琴聲中去。於是，收回信馬由韁的思緒，我又沉浸入〈隨風而逝〉之中……

秋雨中的金薔薇

又是一場秋雨，很輕很柔地飄落而下。彷彿從很遠很遠的地方，有悠揚的歌聲傳來。毫無緣由地，我的腦海中跳出一句不知從何處聽來的、描述當今都市文化現象的話：天空中飄著余秋雨……

我是十幾年前在上海首次接觸余秋雨的。當時，我正在大學的文學系裏讀書，余秋雨作為客座教授給我們上戲劇美學課。他講課很有特點，比如，他愛把一部豐富的戲劇或電影剃枝除蔓，剩下純粹的軀幹直指理論；他愛用聽之儼然闊大雄壯的詞彙像「情感成型」、「裏捲力量」、「本體象徵」之類，對普通的思想加以提升，以期達到超越表象的高度。這些特點使他的課清晰、活潑、富有吸引力，而這對初次接觸戲劇理論的我來說，無疑強化了啟蒙作用。

三年以後離校進入北京人藝前，聽從一位戲劇界朋友的建議，我去拜訪了余秋雨。在他位於龍華的家中，我們圍繞戲劇理論進行了長談。他當時的很多話我已淡忘，唯一記憶猶新的話是：戲劇是一種人生儀式。我頗為這一句美麗而壯烈的余氏語錄所感動，後來便吟誦著這句話，捧著余秋雨那清晰、活潑、富有吸引力而又充滿華美辭藻和濃郁感情的理論著述《中國戲劇文化史述》和《藝術創造工程》，走入了戲劇殿堂的大門，開始了我美麗而壯烈的獻身話劇的人藝生涯。

文化學者余秋雨

待到以《文化苦旅》為代表的余秋雨散文蔚然成風的時候，我已來到深圳。翻開北京一位朋友贈送的《文化苦旅》，我很快便捕捉到了余秋雨以往授課和著述中的個性。在感慨於他由戲劇領域跨入更廣闊的文化天地的同時，我更感慨於他在對自然山水的熱情歌詠、對典章史料的理性把握、對文明貶斥的著力校正、對文人尊嚴的勇敢捍衛中把自己的文化個性推向了極致。而余秋雨散文的最大個性乃是高舉文化大旗進行文化拓荒的雄偉悲壯。這雄偉悲壯震撼了我的心，使我在輕鬆浮躁的深圳度過了無數個沉重難眠之夜。

據悉，京滬評論界一直對余秋雨保持著欲說還休的沉默，偶爾打破沉默的又往往是拒絕大於認同的聲音。我曾和上海的一位文學博士、北京的一位話劇編劇進行過探討，他們對余秋雨的創作心態、理論水準、知識結構、語言文風都提出了十分到位的批評。而在深圳，一方面，文學評論界抑或尚欠缺批評余秋雨的文化功底，另一方面，以高亢的聲音張揚文化的余秋雨，對作為「文化鬆軟地帶」的深圳來說，又實在是太需要了。於是，在深圳評論界的一片好評聲中，余秋雨紛紛揚揚地盡情飄灑，滋潤著深圳這片乾裂的文化土地。

而於我來說，十幾年前，我仰視著戲劇教授余秋雨，十幾年後，我仰視著文化學者余秋雨。我能從他富於表演性的散文中感受到戲劇痕跡，能從他宣諭式的語言中重睹往日的教授風采。我理解他急於拯救文明而對歷史的倉促梳理，我也感動於他單槍匹馬進行文化啟蒙的義無反顧。也許，曾經是余秋雨同學的深圳電視臺的一位導演說得好。他在對余秋雨給予了高度讚譽後說：讀余秋雨，讓我想起了大學時代讀的文學啟蒙著作——前蘇聯康·巴烏斯托夫斯基的《金薔薇》。而那也正是我跨入大學文學系時閱讀的第一本文藝理論著作。

秋雨依然很輕很柔地飄落而下。在秋雨中，一朵金薔薇頑強地散發著星星般明亮的光。

北京大爺

汽車聲響，廣東商人和上海公關小姐衣冠楚楚，提著密碼箱走進風雨飄搖的德家四合院。女兒：「爸，就著大夥兒都在，租房的事，您說句明白話！」眾人：「爸，您點頭吧，點頭吧！」德大爺抱著傳世之寶宣德爐，靜如一尊塑像……

《北京大爺》緩緩落下大幕。我無從知曉，德大爺以生命護衛的祖居四合院，是否最終成了廣東商人的聯運售票處或者上海公關小姐的快餐廳？德家老老少少的北京大爺是否能抵禦湧至牆外的經濟浪潮？德家世代傳唱的坐觀花開朿落、臥聽春蟲秋蟬的田園歌謠，是否會隨風而逝化為千古絕唱？而飄蕩著大爺氣的北京文化又將何去何從？

一直以弘揚北京文化為己任的北京人藝，首次推出了反思北京文化的京味話劇《北京大爺》。我欽佩北京人藝反思的勇氣，可同時，我又分明從這反思中品出了更為微妙更為深長的意味……

編劇中杰英，是一位客居北京的廣東人，旁觀者清的立場使他始終以客觀眼光審視著北京。他認為，經宋元明清諸朝，天子腳下的國民已「從忠勇之士漸漸變成越來越驕越來越弱越來越懶的精神貴族」。他以在建築行業擔任二十年工程師的理性，反對把古老的都城冷藏起來，因為「永恆的城市藍圖是沒有的」。在他筆下，德大爺和德家四合院與傳統、封建、落後緊密相連，而以廣東商人為代表的擠逼京城原有格局的新生力量，才是進步與發展的象徵，是他們給首都注入了流水般的活力。高舉歷史批判旗幟的中杰英說：「道德的批判和歷史的批判都是必須的，但道德的批判不能代替歷史的批判。」

青年導演任鳴，是生於斯長於斯的北京人。劇作對北京文化的理性剖析與他本人對北京文化的深厚感情，使他在二度創作時被逼入兩難之境，以至於只能用「衝突」、「裂變」等戲劇術語來含混地闡釋導演意圖。最終，廣東商人被處理得生硬單薄，而德大爺呢，則被刻畫得生動豐滿。原本清晰的戲劇意圖由此變得曖昧起來。

扮演德大爺的林連昆，儘管祖上也是福建南蠻子，但三代植根北京已使古都文化深深地融入了他的血液，使他得以從容自如地塑造北京大爺的藝術形象。對德大爺的保守落後，他強調應放在全民族的角度去看，因為「大爺」性格並不是北京的特產。對德大爺與廣東商人的衝突，他堅信德大爺的話，「咱兩下裏認的不是一個理」，並用中醫西醫和國畫油畫作比喻，認為它們無所謂孰是孰非，也不定誰優誰劣。林連昆精氣神十足的表演獲得了滿堂喝彩，從而使這齣反思北京文化的話劇具有了別樣的反諷意味。

而扮演廣東商人的北京生北京長的青年演員楊立新，則是在惶惑中完成角色創造的。他不斷問自己：德大爺的家訓何嘗不是父輩用以教育我們的為人標準？我怎麼能對德大爺抱有敵意呢？時代真的變了，我們真的要向那些美好的觀念告別了？……

北京人藝《北京大爺》劇照

離開嘈雜的德家小院，我帶著深圳陽光的氣息走在北京秋夜的胡同裏。身旁的北京朋友和深圳朋友依然在為德大爺和廣東商人喋喋不休地爭論著。有人曾說，歷經戰爭、革命和工業化的衝擊，北京文化如今已如殘陽夕照一般灑落在京城稀落的四合院裏，灑落在幾位猶自聊著前朝往事的垂暮的北京大爺身上。這美麗而遲暮的殘陽令我迷戀而又惆悵、欣賞而又厭倦，令我走近時欣喜若狂離開時又毅然決然。我動情於北京人林連昆的精氣神，我也認同廣東人中杰英的理性批判，而我更多的則是陷於青年任鳴和楊立新似的惶惑的兩難困境……其實，從二十世紀二三十年代起，中國知識分子對北京文化的態度一直就是複雜而矛盾的，其中的情與理又是誰能說得清、道得明的呢？

回到深圳，演出公司的朋友來電話，說正在積極促成《北京大爺》蒞深演出。我渴望在深圳重睹《北京大爺》的風采，我更夢想有一天能在深圳既體驗到朝陽初升的活力，又品味到殘陽如血的美麗……

我們如何清算青春？

我又一次走進夜晚的凱悅大酒店，走進盡情享受青春的城市人群。啤酒的清香隨著柔美的旋律飄浮著，我想，是否有人知道，不久以前這裏曾舉行過一次聚會？而聯結那一群人的乃是一個輝煌又黯淡、浪漫又苦澀、熱情又孤寂、年輕又蒼老的字眼——「老三屆」？

八十年代初期，「老三屆」作為文化現象首次浮出海面的時候，我正沉醉於以梁曉聲、葉辛作品為代表的知青文學，正滿懷敬意仰視著校園裏「老三屆」的研究生與青年教師。那充滿理想主義光芒的青春年華、與大自然搏鬥中形成的英雄主義人格以及美麗得驚心動魄的苦難與坎坷，把我對「老三屆」的理解濃縮為一首歌和一句口號，「一首蹉跎歲月難忘的歌」和一句帶著血與淚喊出的「青春無悔」的口號。

一度沉寂之後，九十年代，「老三屆」話題再次高揚為蔓延全國的文化熱。北京，以《魂繫黑土地——北大荒知青回顧展》為濫觴，以「老三屆」為名目的聚會、展覽、演出以及圖書出版風起雲湧。對理想的珍愛與對現實的不滿成為這股潮流的主調之一。一些「老三屆」以社會中堅和道德批判力量自居，憑依艱辛歲月中形成的歷史使命感和責任感，一方面以溫馨的目光打量青春歲月，一方面又對商業經濟的惡果、洋奴心態以及社會中種種不負責任的現象提出尖銳批判。梁曉聲的《年輪》即表達了一種社會公平的呼聲，成為「老三屆」批判力量的代表。

與此同時，另一股深沉有力的思潮也在

苦難與風流：「老三屆」知青當年插隊落戶農村時居住的棚屋。

北京湧起，那就是對「老三屆」的反思。各種研討會和理論文章紛紛出臺，指出應以深刻的歷史眼光和懺悔精神來評價「老三屆」，反對給「老三屆」塗抹玫瑰色。許多「老三屆」認為，我們曾經的理想「先天就帶有缺陷」，執著於斯並發展為「自我欣賞、膨脹以至瘋狂」是可怕的；「老三屆」的苦難崇拜意識不能提倡，因為苦難學校「並不是排他的貴族學校」，從中出來的也是各色人等；「青春無悔」是虛妄的，它實際上「掩蓋著對現在年輕人或新事物的否定」……而年輕一代則喊出了「收起你的綠軍裝」的呼聲，並向前輩提出質疑：「忘記過去就意味著背叛，但沒有深刻反省的張揚過去又意味著什麼呢？」

在上海，無論是「今日老三屆」徵文、趙麗宏執筆的電視訪談還是各種「老三屆」活動，其群體意識、熱烈程度、組織規模以及活動能量都遠不及北京。沒有梁曉聲以天下為己任的胸懷和憤世嫉俗的氣魄，葉辛只是平視上海生活原生態，站在家庭的角度展現「老三屆」今天的境遇，一部《孽債》引得滿上海都是對「老三屆」半真半假的調侃：「儂有孽債哦？」在對「老三屆」的解剖上，上海也許並未形成恢宏的理論潮流，但從許多並非以「老三屆」為主題的文章中，從我與上海「老三屆」的交往中，我卻分明看到了上海人痛苦的思索。一本《苦難與風流》更是聚集一批既非作家學者亦非名人高官的普通「老三屆」，如實把「老三屆」放在「文革」特定的歷史背景中加以審視，以既不自傲亦不自卑、既沒有青春的自戀亦沒有現實的虛無的姿態，沉穩走進歷史的深處。沒有文學的誇張，也不需故作高深，更沒有肆意氾濫的矯情，這抑或正是一種更為冷靜厚重的反思。

「老三屆」熱的每一次浪潮都緩緩地波及深圳卻從未激起大的浪花。來自全國各地的「老三屆」星散地分布於深圳各行各業，忙碌地迎接著日新月異的現實生活，已不可能凝聚為一股群體合力。生性重實幹輕玄想的廣東「老三屆」，也許有時間賺錢卻沒有時間懷舊。那在凱悅大酒店悄然舉行的廣東籍海南「老三屆」的聚會，超越敘舊的更重要的主題乃是：攜起手來，為社會多做點事。於深圳的「老三屆」而言，「老三屆」實在是一個淡漠的概念、一個退隱的身分、一個回應寥寥的聲音。與北京、上海相比，這是一種有意中的逃避，還是一種無意中的進步？

夜愈發深了。啤酒的醇香和強勁的旋律中，我已無從尋覓「老三屆」的氣息。如今，「老三屆」已不復是多年前我爛熟於心的那首深情的歌和那句激越的口號。記得米蘭・

昆德拉曾將六十年代東歐的文化態勢描述為「一代人清算自己的青春」。望窗外漆黑夜空，我彷彿聽見我那些「老三屆」兄姐們低沉的聲音：我們如何清算青春？

茶館

我是從舞臺上接觸到老北京茶館的。記得多年前首次看《茶館》演出，大幕拉開，亂紛紛、鬧哄哄、熱騰騰的茶館場面撲面而來，使我恍如置身其中……

根據金受申《老北京的生活》，老北京從提籠架鳥的闊少名流到趕車賣力的凡夫俗子都喜好涉足茶館。茶館有大茶館、書茶館、野茶館、清茶館、酒茶館之分，由此可見茶館昔日的興盛。老北京茶館沾染了八旗習性，清談成風，遺老遺少從大蜘蛛成精談到煎熬鴉片煙，從京劇演員的唱腔談到某人的玉扇墜兒或鼻煙壺，而鄉村野老則談著年成，話著桑麻。茶館是老北京解悶消閑的精神樂園，無論貴與賤、高與下，都能在茶館優哉游哉地尋得一方心靈的天地，以清茶一碗滋潤著或枯寂或豐澤的人生。

舊上海的茶樓茶肆也是林林總總的，很多有名的茶樓茶肆建在繁華熱鬧的地區，像春風得意樓便是位於有「東南名園之冠」美譽的豫園和香客遊人如織的城隍廟。坐在茶樓上飲茶休閑，耳聽人語喧嘩，眼觀市井百態，茶樓構成了春申一景。但我更喜歡弄堂口的老虎灶茶館。燒水賣茶的簡樸、竹子籌碼的誠信、響過石板路面足音的清脆、鄰里間家長里短的親切，那升騰不絕的暖氣噓拂著，使生硬狹小的石庫門弄堂變得潤澤起來。而有的老虎灶茶館則將茶桌擺到了人行道上，那情景讓人聯想到歐洲的咖啡館——其實，歐洲的咖啡館代表的原本就是平民文化。

老舍先生曾說，《茶館》的主題是「埋葬三個舊時代」。意味深長的是，當《茶館》在舞臺上越來越紅火的時候，茶館本身卻漸

北京人藝《茶館》劇照

漸從城市中消失，幾乎被時代埋葬了。

近幾年，在弘揚傳統文化的熱潮中，已沉入歷史底層的所謂茶文化又重新浮出海面，北京有了老舍茶館，上海出現了茶藝館和茶會。然而在京時，陪友人去前門由「大碗茶」發展而來的老舍茶館，其豪華的裝修、不菲的茶資不免使我有望而卻步之感。在滿座的外國人及港臺同胞中，欲覓老舍筆下常四爺、松二爺一類的市井細民，已不可得矣。我遂想，「人民藝術家」老舍一生愛平民、寫平民，他大約想不到北京會出現以他的名字命名的如此非平民化的茶館。而上海的茶藝館裏，茶藝小姐在演示著清雅繁瑣的茶道藝術，在豫園湖心亭茶館，金曲茶會、書畫緣茶會吸引著文人雅士吟詩作賦、揮毫潑墨……我終於默然，那沉去的是市井的飲茶樂趣，而浮出的乃是高處不勝寒的茶藝茶趣。我大概只能從舞臺上去品味老北京茶館往昔的韻味，或者在弄堂口去尋訪老虎灶茶館殘存的溫馨了。

沉也罷，浮也罷，最從容不迫的當數廣東的茶風。廣東人素來嗜茶成癮，舊時廣東便有數量可觀的茶寮。如今，飲茶更是成為新老廣東人的主要生活方式。不管是早茶、下午茶還是夜茶，清閑的人們在拉拉雜雜地聊著故事聊著人生，忙碌的人們在精打細算地談著股票談著生意。閑或忙的茶局裏，一盅兩件不動聲色地化解了貧富貴賤的界限。不管你是老板經理還是打工仔打工妹，茶壺一提，兩指篤篤一扣，落座的茶客便在瞬間擺平了。

時下，社會上有「經濟北伐，文化南下」的說法。隨著經濟北上，廣東茶風開始向北蔓延。早茶進入了北京一些餐館，與清談之風融合，喝早茶、侃時局、發牢騷、空談大買賣成為新北京大爺們的時尚。崇尚西俗的上海人卻對帶著洋味的下午茶情有獨鍾，午後陽光的和煦安詳中，新一代職員相聚茶敘，享受著好茶美點、流言蜚語以及一分輕鬆愜意的心情。但在南下的文化風中，我卻尚未聽到上海茶風南來的消息，倒是老舍茶館在深圳開了一家分號。我去過，冷清得很。

最近翻閱《茶館》演出本，不禁又重溫了初看《茶館》演出的情景。雖然茶自古便有雅俗之分，雅的是「琴棋書畫詩酒茶」，俗的是「柴米油鹽醬醋茶」，但在我心中，那俗的茶或許才是茶文化的精髓，那俗的茶館或許才是茶文化適宜的載體，因為只有在那亂紛紛、鬧哄哄、熱騰騰的茶館中，才有最真切、最豐富、最具活力的生活。

雅也罷，俗也罷，我們且去茶館坐坐。

寂寞的風景

那是多年前北京一個寂寞的夜晚。

初秋的陣雨剛剛掃過小雅寶胡同的四合院。屋內，松節油的香味輕柔地彌漫，畫頁上是幾粒新摘的帶著雨水的青棗；屋外，簷雨的嘀嗒聲中，房東孫女正反復彈著鋼琴練習曲單調的樂句。在租來的狹小簡陋的房間裏，那位來自黑龍江的青年畫家木然述說著他的過去與現在——與許多流浪北京的藝術家一樣，我的這位朋友正面臨著生存和事業的困境，而且已走到了決定去留的十字路口。寂寞，寂寞，我從他黯淡的眼睛和黯淡的語句中讀出的是寂寞，無邊的寂寞。

其實，在進入北京以前，我一直認為流浪藝術家的生活是詩意浪漫的。我在上海的時候，嚴格的戶籍制度、狹窄的生活空間、僵化的文化機制、有限的文化市場，已使上海喪失了與半個世紀以前一樣的吸納全國藝術家的相對寬鬆優越的生態環境，形成了一個封閉靜止的格局。無從遇見流浪藝術家的我便以現代文學藝術史為藍本，想像著流浪藝術家清貧卻自由美麗的生活，想像著他們該是一個畫夾、一把提琴、一箱書籍、一身行頭地隨意漂泊，逢到一片豐厚的文化土壤或者一處開放的文化空間，便停下奔波的步履，生根蔓延為一派動人的鬱鬱蔥蔥，一如逝去年代裏北平沙灘的遊學青年和上海亭子間裏的文人藝人。

我進入北京的時候，正是北京以深厚的歷史積澱、豐富的文化資源、旺盛的文化需求、成熟的藝術市場吸引著全國青年藝術家紛紛湧入的時候。待到真正瞭解了流浪藝術家，我才知道，在藝術朝聖的旅程中，他們的生活有夢想、靈感、沙龍、愛情的詩意浪漫，也有衣食

有些流浪北京的藝術家就住在北京的胡同裡。

住行的艱辛、濃煙烈酒的苦悶，甚至還有迷亂、屈辱和沉淪，但更多的卻是寂寞，生存的寂寞和事業的寂寞。我忘不了那位黑龍江畫家前路未卜的迷茫眼光，也忘不了那位西藏話劇導演穿行劇院的孤獨身影、那位山東少女鼓手寄宿友人的柔弱無助……但與藝術這個至高無上的神聖目標相比，所有的寂寞都是渺小的。於是，流浪藝術家們耐著寂寞堅守北京，為生存和藝術奮鬥著，最終連綿構成文化都市中一處寂寞又蔚為壯觀的文化風景。

到深圳後，在所謂的「文化沙漠」我又遇到了流浪藝術家。與北京不同，深圳吸引流浪藝術家的，是開放的空間、公平的機遇、廣闊的經濟市場以及由此而形成的藝術發展空隙。在文化土壤並不豐厚的經濟特區，殘酷的深圳規則使藝術不再具備特權，於是，流浪藝術家的奮鬥更顯寂寞艱難，而奮鬥的成敗也更富意味：有的流浪藝術家敢於直面現實，漸漸握準了深圳的脈搏，一方面賺錢擺脫了清貧，一方面又並未放棄藝術追求；另外的流浪藝術家，雖然還在為衣食住行操勞，但他們懷著熱愛之情扎根深圳，努力在心中的藝術和眼前的城市之間尋找著契合點；更多的脆弱的流浪藝術家卻適應不了深圳規則，把生存的寂寞和事業的寂寞統統歸咎於這個年輕城市，認為深圳是「美麗的幻覺、殘酷的陷阱」或者文化意義上「色彩斑斕的垃圾場」，最終帶著愛怨交加的感情忿然或默然離去，留下一個生機勃勃的城市在身後火熱地旋轉。於深圳本不絢麗多彩的文化風景而言，流浪藝術家只是零星寂寞的點綴而已。

記得深圳一位美學史博士曾說：深圳藝術家應該代表著中國藝術家未來的發展趨勢，即一方面很好地解決生存問題，另一方面又順應內心的藝術呼喚。我一直認為這是藝術家——包括流浪藝術家——的理想狀態。同時我也深知，既獻身藝術，又流浪他鄉，流浪藝術家須具備足夠的毅力和能力，才能在一片不屬於自己的肥沃或貧瘠的文化土壤中扎下根鬚。他們也許注定要忍受寂寞，無論是在北京、上海還是深圳，也無論是在過去、現在還是將來。

多年以後，重回北京經過小雅寶胡同的時候，我又想起那個寂寞的夜晚，想起松節油的香味、帶著雨水的青棗、簷雨的嘀嗒聲和單調的鋼琴旋律。西藏話劇導演已步入中國先鋒派導演的行列，山東少女鼓手已嫁入北京一文藝世家，那麼，我的那位終於捨不下北京的黑龍江畫家朋友呢？面對物是人非的四合院，我想問我杳如黃鶴的朋友：你是否已畫就美麗的風景？你是否寂寞如初？

生活在城市

孤獨的牧羊人

王洛賓走了，走向了那個遙遠的地方。

好長時間，我不敢相信這是真的，那個忙忙碌碌、風風火火、身體硬朗、精神矍鑠的老人，真的說走就走了？

說來，王洛賓的歌在中國大地已風行了半個多世紀，但王洛賓真正走向我們，卻不過是九十年代以後的事。記得第一次讀到關於民間歌者王洛賓的報導時，我為那傳奇的經歷、散淡的品格、那茫茫戈壁無盡荒漠構成的背景、那為音樂所滋養的人生所吸引，立即在心中勾勒出了一個孤獨的牧羊人的輪廓：冉冉白髮寫滿歲月的滄桑，灰白山羊鬍裏藏著倦意的微笑，羊鞭舉時，美麗的歌聲四處飄蕩……

為了更多地瞭解這位令我心儀的孤獨的牧羊人，我決意仔細搜尋關於他的信息。然而過不多久，我就發現我的想法是多餘的了——因為不用我費盡心思四處搜尋，關於王洛賓的信息便已如潮似浪般向我湧來：報紙、雜誌、廣播、電視的宣傳報導自不必說，還有歌曲集、回憶錄、演唱會、錄音帶、《往事歌謠》紀錄片，還有各種傳說故事、妙句輯錄，還有「西部歌王」、「民歌大師」、「一代歌王」等美譽封號，接下來又是版權官司、演出糾紛以及莫須有的與三毛的神秘戀情……終於有一天，王洛賓歌曲演唱會的大紅條幅掛到了中國這個最現代化的城市——深圳最繁華的街道——深南大道上！

王洛賓掀起了他的「蓋頭」來。

終於，我遂了願，我對王洛賓的瞭解越來越多，我心中的王洛賓形象也越來越豐滿。然而，當那隱約模糊的輪廓最終清晰畢現的時候，我卻恍然發現，站在我面前的王洛賓已不再是一個孤獨的牧羊人，而是一個典型的當紅的歌壇藝人！

孤獨的牧羊人沒了。我為孤獨的牧羊人所營造的種種神秘、美麗、脫俗、淡泊等等，也在頃刻間化為了烏有。我非常、非常失望。

我突然發現自己陷入了一個兩難之境：如果王洛賓老人真正孤獨，那我也許就無從知道他了；待到他不再孤獨，他卻在我心中失去了魅力！我不知道究竟是我太清高、太傳統甚至太殘酷以至於只接受孤獨的沉寂無名的民間歌者而拒絕接受不再孤獨的大紅大紫的歌壇藝人呢，還是王洛賓在由孤獨而不再孤獨、由沉寂無名而大紅大紫、由民間歌者而歌壇藝人的過程中，真的變了？

王洛賓已經走了。畢竟，我為老人感到慶幸，在孤獨大半輩子後他終於聽到了掌聲，看到了鮮花；畢竟，我為我們這個習慣於發掘死去的英雄的國度感到慶幸，因為王洛賓終究曾經是活著的英雄。

在通往那遙遠的地方的路上，有掌聲和鮮花相伴，但願王洛賓老人不再孤獨。——可是，我又到哪裏去尋找我心中孤獨的牧羊人呢？

再說點「閑言碎語」

——從「孤獨的牧羊人」談到「真正的英雄」

多年前，當周洪的「人生忠告」叢書賣得最紅火的時候，我也曾買過其中的一本《忠告明星》翻翻。當時記憶最深的是書中談及「流言」的一篇「忠告」。周洪說：當明星們受到批評哪怕是如實的批評的時候，有人會說那是「歪曲」、是「流言」；可當明星們受到吹捧、歌頌哪怕是失實的吹捧、無恥的歌頌的時候，為什麼卻沒人說那是「歪曲」、是「流言」呢？

當我在〈真正的英雄怎麼會死去？〉（見深圳商報《文化廣場》第三十五期）一文中讀到「閑言碎語」一詞的時候，我自然而然想起了周洪所說的「流言」。

平心而論，我的「城市屐痕」文章確有閑且碎的一面，那是我回望我的城市之旅而採擷的閑逸細碎的印象。其中那篇〈孤獨的牧羊人〉也許閑且碎，但卻並非是說任何人閑言碎語，也不是要兒戲般地給任何人扣上什麼帽子，更何況是「孤身奮戰、傷痕累累、直到耄耋之年才撞破地獄、重返人間」的王洛賓老人——我只是想「尋找我心中孤獨的牧羊人」，如此而已。毋庸諱言，我心中那曾經的「孤獨的牧羊人」後來被滾滾紅塵淹沒了：在他走向我們的不多的時日裏，他非但沒能在我心中如金庸所說「激起波瀾」，反倒使我最初的激情煙消雲散；我也沒能從他身上看到金庸所說的「驚世駭俗」，我看到的反倒是他不斷「重複常人的庸俗」；他也並未「把一切凡夫俗子丟在後面」，也不是如殷海光所說「永遠是孤獨的」，圍繞他的是與「典型的當紅的歌壇藝人」毫不相異的包裝方式、曝光頻率、官司糾紛、稱「王」稱「父」稱「大師」的勝名美譽以及一段被炒得沸沸揚揚的莫須有的神秘戀情——這，便是「站在我面前的王洛賓」的最後定格。於是，直到今天，我依然只能問自己：「我又到哪裏去尋找我心中孤獨的牧羊人呢？」

孤獨的牧羊人我大概是找不到了，一個關於如何評價王洛賓甚而關於「什麼是真正的英雄」的大話題卻由此引出。這也應算是我的那篇閑且碎的文章的榮幸吧。既如此，那麼，我權且走出我的「孤獨的牧羊人」情結，就此再說點「閑言碎語」。

毫無疑問，王洛賓在挖掘和整理中國西北地區少數民族民歌方面做出了貢獻，並為此承受了生活的種種磨難，他因而贏得了廣泛的尊敬與愛戴。王洛賓在歷史的深處湮沒了半個世紀之久，他是不幸的；王洛賓又是幸運的，他畢竟迎來了浮出海面重見天日的那一天；可當王洛賓被推至空前的、至尊的「民歌之王」、「民歌之父」、「民歌大師」的地位時，我就真不知道這是王洛賓的有幸或不幸了。據悉，一些專家學者試圖做一種努力，即把王洛賓置於由五十多個民族的民歌共同組成的民歌天地中、已有幾千年歷史的民歌發展的長河中，既不貶低也不拔高地正確評價王洛賓為中國民歌事業所做的貢獻。如果說，王洛賓從歷史的深處浮出海面是還歷史以本來面目的話，那麼，王洛賓從空前的、至尊的登峰造極地位回到實實在在的大地，不同樣是還歷史以本來面目？如實地評價王洛賓並非「閑言碎語」，相反，失實地歌頌王洛賓才是歪曲、失察；專家學者正確評價王洛賓的努力並非無知、愚昧，相反，把王洛賓吹捧為什麼「王」、什麼「父」、什麼「大師」乃至「世界的音樂家」才是無知，把王洛賓推舉到至高無上無以復加甚至勝於曼德拉的地位，才是真正貽笑大方的愚昧，一如把一個當紅影星與毛澤東相提並論一樣。

如實也罷，失實也罷，也許最能證明王洛賓為中國民歌事業所做的貢獻的，是他的作品。我感動於王洛賓「烈士暮年」「創作出讓人民群眾詠唱五百年的歌曲」的不已壯心，但我始終認為：五百年之後，人民群眾詠唱的將依然是〈在那遙遠的地方〉等民歌——民歌首先姓民，這是顛撲不破的事實。而我們的「歌王」、「大師」呢，且不談他聲名沉寂時期是否有成功的創作歌曲，聲名顯赫之後忙忙碌碌、風風火火的他，卻未能有一首創作歌曲——包括那首被傳媒炒得如火如荼的為三毛而作的〈等待〉——在當今為人民群眾所詠唱，也就更不用妄談什麼五百年了！

王洛賓為三毛而作〈等待〉。

至於說到「真正的英雄」，那麼，確如〈真正的英雄怎麼會死去？〉一文所說，任何時代都會造就自己的英雄。我堅信，真正的英雄不是我輩文人書生說幾句所謂的「閑言碎語」就能埋沒吞噬的——真正能埋沒吞噬英雄的，只能是英雄自己。同樣，真正的英雄也不是我輩文人書生天花亂墜般的吹捧和歌頌就能成就的——真正能成就英雄的，也只能是英雄自己。我寄望於我們的英雄，真正的英雄定會坦然面對如實的批評，並斷然拒絕失實的吹捧、無恥的歌頌。

五百年之後，在那遙遠的世紀，在那遙遠的地方，美麗的歌聲將依然響起，四處飄蕩：「在那遙遠的地方……」它向世世代代的人們詠唱著王洛賓對中國民歌事業所做的貢獻，它更向世世代代的人們詠唱著一個樸素的真理：人民群眾才是真正的英雄。

脫軌的童話

我曾經為三毛而動情，因了她的童話世界。可是，我又從未最由衷、最深切地為三毛而動情，也因了她的童話世界——不管是閱讀她的作品的時候、得知她的死訊的時候、還是風聞她的荷西根本就不存在的時候，我都沒有過。

平心而論，三毛確實是編織童話的能手，那些個成長歷程、愛情故事、沙漠風情、海島韻致等等，都被她編織得繪聲繪色、美妙絕倫。這美妙絕倫看似植根塵世實則纖塵不染，即使有孤獨，那也是詩意的孤獨；即使有憂愁，那也是美麗的憂愁；即使有痛苦，那也不會是切膚的痛苦，不用嚴肅地思索和深刻地解剖，一個飄逸的想法、幾段輕快的字句即可以瞬間化解……而走過這詩意的孤獨、美麗的憂愁、可以瞬間化解的痛苦的，正是我們樂觀堅強的童話女主人公——三毛。儘管三毛口口聲聲說「我的文章幾乎全是傳記文學式的，就是發表的東西一定不是假的」，可因了那纖塵不染，我還是寧願把三毛的世界劃入童話範疇。

其實，人活在世上，是需要有些童話色彩的，即如白馬王子、白雪公主一類的童話，便本不是由孩子們編的，也不只是對孩子們講的。生活太平淡，我們編個童話創造美感；生活太艱辛，我們編個童話尋求解脫；甚或有時，生活太乏味，我們還可以編個童話營造些淺淺的孤獨、憂愁、痛苦來觀照、玩味、體驗。人之需要童話色彩，有時就如人之需要自欺欺人的阿Q氣一樣。記得「身歷古今天地愁」的某位作家就曾說過：「人沒有阿Q氣怎能生活？」

人沒有阿Q氣是很難支撐生活的，可人卻不能一味阿Q氣下去。同樣，人也不能編個童話哄自己一輩子，一直生活在童話世界中。而三毛之為三毛，便在於她相信了自己編織的童話，她沉溺其中難以自拔，並夢想身體力行去實踐童話。童話於她，已不是生活的點綴而是生活的支撐。於是，三毛的生活中便有了追尋「前世的鄉愁」似的撒哈拉之旅、充滿豪俠氣魄的「萬水千山走遍」、為人之師時溫良的談心教誨……可童話終究不是生活，最終，那個梳著少女頭穿著娃娃裝的中年女子注定在生活中圓不了她的童話夢。

她無法欺人：有人說她真假難辨、虛實難分，有人說她矯揉、做作、不自然，作家李敖則直言她是「偽善」的，並說這種「三毛式偽善」無非是一再重複的「白虎星式的剋夫、白雲鄉式的逃世、白血病式的國際路線和白開水式的氾濫感情」。她更無法自欺：本應結束在「王子和公主快樂地生活在一起直到永遠，他們生了一大堆孩子」的童話，卻以男主人公溺水身亡而草草收場；本應克服重重困難勇敢地生活下去並尋找到美好歸宿的女主人公，也去赴那所謂「生生世世的約會」而自縊歸西。三毛的童話是荷西不勝負荷的，於是荷西在童話中失其天年；三毛的童話也是三毛本人不勝負荷的，於是，三毛在生活中為童話殉了身——三毛的童話終於脫軌翻車了。

李敖：「三毛式偽善」？

三毛曾說：「我相信，飛蛾撲火的那一瞬間一定是快樂的。」可三毛在撲向她自己點燃的美麗的童話之火的時候，究竟是快樂的還是痛苦的？她的死究竟是成就了那個超凡脫俗的三毛的童話還是擊碎了那個樂觀堅強的三毛的童話？生活中的三毛究竟是勝利了還是失敗了？我想，三毛和她的讀者大概都是惘然的。

世事艱難。多少年來，我一直感念三毛給我並不順遂如意的生活塗抹的那稀薄的粉紅的童話色彩。但走過三毛的童話世界，我常常告誡、支撐自己的，則是里爾克的一句話：「毫無勝利可言，挺住意味著一切！」

風中之燭

從身著鑲滿珍珠、拖著長長裙襬的象牙純絲婚紗，乘坐馬拉篷車穿過狂歡祝福的人群燦爛地奔向聖保羅教堂、奔向王室，到安詳地躺在覆蓋著百合、玫瑰和王室旗幟的靈柩中，躺在馬拉炮車上穿過黯然神傷的人群走向西敏寺教堂、走向天國，戴安娜自始至終為不落凡塵的夢幻色彩所籠罩，其命運本身就具有了超越生活的特質，注定了是一則引人遐想、發人深思的故事。這故事經過我們情感的過濾、心靈的觀照之後，更去除了繁複的枝蔓、遠離了真實的形態，成為了童話、神話或傳奇，成為了一個象徵。

與所有的童話、神話或傳奇一樣，戴安娜的故事也連接著我們的生活與心靈。我們深深地震撼了，愛戴或詆毀戴安娜的人們都深深地震撼了，為戴安娜的故事復述著我們的人生體驗，再現著我們的情感歷程，契合著我們的生命喜悅，也觸及著我們的生命隱痛，並將以上種種凝煉提升為了一個美麗絕倫的版本。

比如說，豔麗高貴、青春自然、儀態萬方、風情萬種的戴安娜未能頤養天年，卻在生命最圓滿豐潤的三十六歲撒手塵寰、香消玉殞，這勾起了我們心中積澱已久的「天妒佳人、紅顏命薄」的無奈和憂傷。比如說，戴安娜的愛情史上寫滿了情與欲、愛與恨、忠誠與背叛、浪漫與痛楚，卻獨獨缺少幸福，當戴安娜意欲再作嫁娘、也許從此與幸福牽手之際，一段愛情的故事卻已在巴黎塞納河畔幽幽的隧道中戛然而止，空給我們留下「愛情虛妄、幸福安在」的老調常嘆。比如說，戴安娜愛心廣布，用她的善良溫柔地撫慰著飢餓的兒童、生病的老人、無家可歸的流浪漢、被地雷炸傷的人民，而她自己卻在與鋼

戴安娜王妃。

鐵水泥冰冷猛烈的撞擊中災難性地隕落，隨之受到猛烈撞擊的，還有我們心中早已搖搖欲墜的「善有善報、好人平安」的信念……

除卻美麗、愛情、善良等等之外，戴安娜的故事中最能感動我們心靈的，也許是戴安娜的對抗：她與王室對抗，以一介平民反叛著至上的宮廷；她與傳統對抗，以現代開放的作風衝擊著保守封閉的陳規；她與傳媒對抗，勇敢地守護著自己情感的領地……儘管當初是王室、傳統和傳媒把灰姑娘似的戴安娜推上了萬人矚目的位置，但纖纖弱質的她卻是在與王室、傳統和傳媒的對抗中成就了自己的傳奇的，最後又在這力量懸殊的弱小與強大的對抗中走向毀滅，走向傳奇的終結。因此，戴安娜的對抗是悲劇性的對抗，就像一支風中之燭，既勇敢大膽，又軟弱無力，既充滿了生機和活力，又顯得那樣的無助和徒然，既燃燒出了生命和意志的亮麗，又逃脫不了灰飛煙滅的命運——而我們從這風中之燭的故事中參透的，不也正是我們在與強大的群體、頑固的傳統、逼人的輿論的對抗中所體驗到的那種深刻的生命激情和掙脫不開的命運感嗎？

其實，我們每個人的心中都有一支蠟燭，一支燃燒著美麗、愛情、善良和對抗意識的蠟燭。在現實生活的風雨中，這蠟燭時明時暗，時燃時滅。於是，戴安娜走來了，她既是我們平淡如風的生活中的一支夢幻蠟燭，慰藉著風中那一顆顆孤寂寒冷的心，更是我們心靈之燭的美麗投影與象徵。風中那搖曳多姿、平易溫暖、跳動不已卻又弱不禁風的燭光，照亮了我們人生經驗的角落，灼痛了我們生命中的創傷，喚醒了我們歡樂與悲苦的記憶，濃縮了我們為生命的歡欣和對死亡的恐懼。當狂風驟起、燭光熄滅之際，我們哭泣，為消逝的美麗、殘缺的愛情、未得善終的善良哭泣，為生之抗爭和生之無助、為明媚如花的生命和緊鎖如鏈的命運哭泣，為戴安娜哭泣，為我們自己哭泣。

燭上蠟淚斑斑，那是從我們眼中流出的淚，更是從我們心中流出的血。

唱出生命的滄桑和美麗

多年以來，我一直對流行歌曲不以為意，聽任它們風逝般流過我的耳畔，充其量也就拋下一兩句旋律或歌詞。然而不以為意中，有些流行歌曲卻從歌者的心中流到了我的心中，從我的學生時代流到了工作時期，最後竟流成了某種恆久。蘇芮的歌便是這有限的恆久之一。

與大多數流行歌曲一樣，蘇芮的歌也以愛為第一主題。她詠唱男女之愛，也詠唱父母之愛、朋友之愛以及別的更廣泛意義上的愛；她詠唱愛的得失沉浮，也詠唱其他與愛相關的種種情感。蘇芮的歌與大多數流行歌曲的不同之處在於，她的愛不是「不要問我愛你有多深，我會告訴你我有多真」式的小女孩青春幻想的愛，不是「這就是愛，說也說不清楚」式的年輕情人糊裏糊塗的愛，也不是「愛上一個不回家的人」或者「我卻其實屬於極度容易受傷的女人」式的怨婦悔恨交加的愛。她的愛是經歷並超越了以上種種的愛，是做過美夢回歸大地、走過膚淺邁向凝重的愛，是犯下錯誤卻不言後悔、飽嘗辛酸卻從不放棄的愛。這愛有「你是我唯一的證人，你是最真實的天空」（〈證人〉）的相知之樂卻並不樂而忘形；這愛有「又一次要和愛情說再見，抬起頭不流淚」（〈心痛的感覺〉）的相離之痛卻並不痛不欲生；這愛有「我拿什麼奉獻給你，我的愛人」（〈奉獻〉）的赤誠的奉獻，卻不是「如果人人都獻出一分愛，世界將變成美好的人間」的大而無當；這愛有「悲傷著你的悲傷，幸福著你的幸福」（〈牽手〉）的無華的相守，卻不是「我能想到最浪漫的事，就是和你一起慢慢變老」的白日說夢；這愛在平實中透出絢麗，於滄桑中寫著美麗——蘇芮的歌深深打動我的，正是這成熟女人的愛，正是這愛的滄桑和美麗。

蘇芮的歌如果只是唱出了成熟女人的愛，唱出了愛的滄桑和美麗，那麼，也就只是優秀的流行歌曲或者愛情歌曲，同樣難以擺脫流行一時、隨風遠去的命運。而事實是，蘇芮的歌被廣泛、持久地傳唱，被文人學者關注甚至上了《讀書》這樣的高品位刊物，又與羅大佑、李宗盛、侯德健等人的歌一起被劃入「文人歌曲」範疇——這，才是蘇芮的歌之真正意義所在。

蘇芮的歌中，愛的故事多是語焉不詳、若有若無的，它只是提供了可供抒情的大致框架。愛的對象常常被淡化或者泛化，既可以是戀人、父母、兒女、朋友，也可以是童年、故鄉、夢想、理解或者其他。在這樣一個似是而非的語境中，我的心靈隨著蘇芮為愛的反復吟唱四處飄蕩，生發出林林總總強烈的愛的感覺，期待、尋覓、懷疑、畏懼——而這一切與其說是對愛的把握，勿寧說是現代人對世界的把握；與其說是愛的寫照，勿寧說是現代人的精神寫照；與其說是愛的體驗，勿寧說是現代人的生命體驗，而且這愛中的滄桑和美麗之處也恰是現代人生命中的滄桑和美麗之處。於是，愛的期待是在「你無法預知的世界」裏的期待（〈請跟我來〉），愛的懷疑是「誰能告訴我，是我們改變了世界，還是世界改變了我和你」的懷疑（〈一樣的月光〉），愛的迷失是「我奔跑在那寂寞的單行道，我對著茫茫的空間擁抱」

歌星蘇芮

的迷失（《迷失》），愛的堅強是「風阻擋不住我走，雨無法牽著我回頭，我用我自己的手去摸索著我的所有」的堅強（《風阻擋不住我走》）……從愛到生命，蘇芮的歌正是在此意義上超越了一般流行歌曲，實現了李皖《聽者有心》所說的「從文本本身走向了形而上」，並因此而更深刻地震撼了我。

歲月如流。流行歌曲如流。當眾多流行歌曲從我的耳畔飛速流去的時候，蘇芮的歌卻一直在我的心中流淌，在我的歲月中流淌。我常聽著蘇芮，哼著蘇芮，或者合著蘇芮一起唱，「唱出所有的相聚和別離，唱出人們的失落和孤寂，唱出你我的天空和大地，唱出生命的滄桑和美麗……」（《唱出我和你》）

想念保爾，想念冬妮婭……

長大以後，我們也許從未想過，有一天，我們還會想念保爾，想念冬妮婭。

曾經，我們人人都有一本奧斯特洛夫斯基的《鋼鐵是怎樣煉成的》，借的或買的，小人書或小說。在高揚革命激情、忘我精神、崇高理想而低抑私人愛欲、自我價值、平凡人生的年代裏，懵懵懂懂、糊裏糊塗的我們幾乎是無條件地、全身心地、集體地迷上了這本書：崇拜保爾，卻自慚成不了保爾式的英雄；喜歡冬妮婭，卻為這種喜歡而自責；迷戀保爾與冬妮婭的愛情，卻弄不懂為什麼會有超越階級的愛情；理解保爾與冬妮婭的分手，卻又為這分手的結局而遺憾、傷懷……那時，保爾是高大光彩的英雄形象，直接而猛烈地激盪著我們的心靈，照亮著我們的成長路；而冬妮婭卻是保爾形象不失美麗的隱約反襯，曲折而輕柔地滋潤著我們的心靈，伴隨著我們同行……

很多年、很多年過去了。《鋼鐵是怎樣煉成的》已不再流行，保爾與冬妮婭已淡出我們的視野。然而有一天，我們發現書店的書架又擺上了《鋼鐵是怎樣煉成的》，許許多多的同齡人又在讀著、談著《鋼鐵是怎樣煉成的》，導演路學長在拍《長大成人》，學者劉小楓在寫〈記戀冬妮婭〉……彷彿一股熱流從生命的最深處湧起，迅疾地流過我們不復年少的身心，兩個沉睡已久的名字蘇醒了：保爾！冬妮婭！

大陸拍攝的《鋼鐵是怎樣煉成的》文學劇本

時代變遷，世事更迭。而今，我們正經歷著不談革命激情、忘我精神、崇高理想的生活，自我成為中心，平淡成為真諦，否定批評成為主調，戲謔嘲諷成為時尚。沉溺於這生活，我們的生命變得貧乏瑣碎，心靈變得狹隘委靡。漸漸地，我們覺得厭倦，並渴望著有一種意志來打動、感染、提升這生活。於是，我們開始想念從前，想念《鋼鐵是怎樣煉成的》，想念保爾。我們重溫著保爾由工人的兒子成長為革命戰士的動人故事，感受著保爾戰勝愛情的失意、環境的險惡、戰爭的殘酷和殘疾的折磨的無畏精神，更思索著保爾獻身人類解放事業的深刻意義。在我們的想念中，保爾形象得到了昇華超越——保爾已不僅僅是一名無產階級英雄，而是抽象為一種象徵，一種偉大意志的象徵，一種凝聚了獻身、勇敢、崇高、壯麗，飽含著豪情、壯志、熱淚、鮮血的偉大意志的象徵，一種我們賴以激勵生活、鼓舞心靈的偉大意志的象徵。

我們由保爾想到冬妮婭。在重視私人愛欲、自我價值、平凡人生的今天，我們已能理解冬妮婭、尊重冬妮婭，並敬佩冬妮婭對一己生活的選擇和捍衛。並且，美麗的外表、爽朗的性格、樸素的同情心、單純的愛情觀、還有為小說和詩篇所圍繞的清新脫俗的氣質……冬妮婭已不再是資產階級小姐的代表，而是具化為一種個體生活的寫照，這生活帶著古典色彩、貴族氣息和詩情畫意，自然、平易、芬芳、美好。終於，冬妮婭由保爾形象的反襯成為了獨具個性特徵和存在價值的形象，由隱約黯淡成為了明晰亮麗。我們想念冬妮婭，在想念中檢討著過去年代對她的扭曲，袒露著久遠以來對她的喜愛，並感念她為我們寂寞的成長路帶來的那一縷暖色、劃出的那一抹馨香、奏響的那一闋溫柔……

我們以複雜的心態、糾纏的情懷想念保爾與冬妮婭，想念兩個曾經涇渭分明、臧否有別的人物。我們用理論也用經歷在想念，用感情也用理智在想念；我們的想念中有追昔更有撫今，有反思更有前瞻；我們在想念中思考革命與愛欲、群體與個體、理想與現實、崇高與平凡等等的關係，並探索著以上種種的溝通交匯與相融整合……如此這般地想念保爾與冬妮婭，是不是意味著我們已學會思索不再盲從？是不是意味著我們已更趨成熟不再幼稚？並且，在崎嶇坎坷的成長路上保爾與冬妮婭又伴了我們一程？

成長的路是漫長的。很多年、很多年以後，不知道我們還會以怎樣的心態和情懷想念保爾、想念冬妮婭。可無論如何，我們都忘不了在風雪迷漫的波耶卡小站，為了保證向城裏輸送禦寒材料，保爾衣衫襤褸，患著傷寒病，扛著鐵鎬艱難地在雪地上前進；忘不了在夏天的烏克蘭小鎮，年輕的冬妮婭在湖畔樹下讀書，燦爛的陽光映照著她，映照著她藍色的眼睛、淺淺的雀斑、栗色的辮子和白色水兵衫上隨風起舞的藍色飄帶……

生命的獎杯

還是在讀書時代，女同學們有時會坐在一起，傾談愛情理想，描繪心中那個人的形象。每次，在一五一十列出了對相貌、身高、學識、職業等等的要求之後，我都會加上一句：那個人一定要會踢足球……

我不知我的這種想法源自何處。那時，足球比賽不多，電視轉播、報紙評論也極少，而在沒有男孩的家庭中長大的我對足球的關注就更微乎其微。我對足球最直觀的感受，是走在校園的林蔭道上透過婆娑樹影遠遠地看男同學們踢球，可即使是要好的小伙子相邀，我也沒有看完他參加的那場系際比賽。我對足球的熱愛就是這樣，彷彿與生俱來似的，雖遙遠模糊卻執著深厚。

其實，以這樣的方式熱愛足球的人不在少數。而究其原因，乃在於足球運動影響著我們的身軀，觸及著我們的心靈，撥動著我們身心合一的那根生命之弦——

足球場是人與大地和諧關係的偉大展示。沒有水泥地的生冷，沒有聚光燈的炫目，足球運動在袒露的綠茵場上展開。藍天麗日也罷，大雨滂沱甚至風雪交加也罷，球員在綠茵場上的奔跑都體現了體育最原始的意義。綠茵場是如此廣闊，它承受著球員的盡情拼殺、球隊的大舉進攻，承受著場上場下潮水般的狂歡與痛切。當我們看到球員進球後雙膝跪地泣謝上蒼、失球後伏身大地傾泄痛苦的情景，我們會真正明白「大地母親」一詞的意義。

足球是生命力激盪的體育形式。足球向來被稱為男人的運動，男人體最美的部位——腿，在足球運動中完美地展示出魅力：力量、速度、性感等等。除腿之外，足球運動也離不開整個身軀的協調配合，盤球、攔截、射門、撲救，球員的身軀隨著球的運動而自由變化。但無論如何變化，男人體的曲直伸縮與足球的渾圓飽滿，永遠形成線與圓的美妙構圖，呈現剛與柔的相濟關係，而那生命的韻律、節奏、美感等等無不盡在其中。

足球比賽是人生戰場具體而微的形象寫照。在這戰場上，我們有堡壘、有防線、有搏擊的沙場，更有渴望占領的高地——對方球門。那門很大，大得充滿了成功的誘惑；

那門又很小，小得連只足球都飛不進；通向那門的道路漫長又艱辛，我們經常是中途受阻、無功而返；最可恨是當我們過五關斬六將到達時，卻發現有「門神」黑衣黑褲把在門前，拉開「一夫當關，萬夫莫敵」的架式主宰著我們的成敗。命運的門檻前，我們有眾志成城的豪邁，更多的卻是隻身奮戰的孤獨；有一發即中的得志，更多的卻是屢戰屢敗的失意；有得償宿願的狂喜，更多的卻是功敗垂成的悲壯；有「蒼天有眼」的感激，更多的卻是「命運不濟」的委屈……

這，就是足球，與我們的生命一起

黑衣黑褲的「門神」拉開「一夫當關，萬夫莫敵」的架式主宰著我們的成敗。

搏動跳躍的足球，有著豐富完整的生命特徵的足球。說到足球的生命特徵，我們自然會想到舉世矚目的世界杯。在近幾屆世界杯中，現代傳媒的汪洋大海托起了球員的個性風采而非技術，托起了球隊的文化內涵而非戰術。從巴喬的眼睛到瓊斯的髮型，從「金毛獅王」的綽號到「足球王子」的美譽，從貝克漢與辣妹英雄美人的童話到勞德魯普兄弟「綠茵雙雄」的傳奇，這一切無不高揚著生命力澎湃的個人英雄主義，使我們於瑣屑平凡的生活中有了遙遠的期待。從硬朗的歐洲派到靈巧的拉丁派，從「夢幻之師」巴西隊到穩健老邁的「德國戰車」，從兇狠卻不失紳士風度的英國隊到深沉且富於武士道精神的日本隊，這一切無不揭示出一個民族的生命底蘊，使我們深入歷史文化的層面去追尋生命的軌跡。至於圖片、電視、音樂、文章等等，又無不是把足球最美麗的瞬間加以定格、放大、濃縮、渲染，使足球的生命特徵得到發揚光大、走向登峰造極，烘托出一片生命的燦爛輝煌引領我們全情投入。

我終於為我對足球遙遠模糊卻執著深厚的熱愛找到了注釋。

多年前邀我看球的小伙子曾說，將來有了兒子，一定要讓他做足球明星。我問他緣由，他說：追逐足球獎杯的生命才是純粹的生命。的確，追逐足球就是追逐生命，追逐足球的獎杯就是追逐生命的獎杯。那麼，就讓我們擁抱足球、擁抱生命，再合著瑞奇・馬丁一起高唱〈生命的獎杯〉：「激情是你命運的主宰，世界就在你的腳下，你要創造生命的極限，去勇奪生命的獎杯。來吧，來吧，來吧……」

遭遇

在小時的記憶中，「遭遇」離我們很遠，也很有限。那時，「遭遇」的意義頗單純劃一，比如說都發生在解放前舊社會，比如說都是些吃不飽、穿不暖的故事，比如說都被當作追昔撫今、憶苦思甜的教材。「遭遇」於童年的我，是從電影中看來的、書本中讀來的、報告中聽來的窮人被地主惡霸資本家剝削壓迫的淒慘故事，而與「遭遇」搭配最勤的，乃是「悲慘」、「不幸」、「痛苦」之類的詞。

如果「遭遇」的意義單純劃一如昔，隨著社會的進步、生活的改善，「遭遇」該離我們越來越遠，且越來越少。然而回想改革開放這些年，我們卻不斷地遭遇「遭遇」：遭遇出國、炒股，遭遇下海、下崗，遭遇廣告、時尚，遭遇ＭＢＡ、網路，遭遇流行歌曲、連續劇，遭遇婚外戀、離婚……「遭遇」於我們切近而紛繁，且變別人的故事而為自己的經歷，換悲傷的基調而成豐富的雜色，再從似水遠逝的靜態進入了蜂湧而至的動態之中。

幾年前曾看過夏剛的《遭遇激情》。激情本是好東西，且電影中的呂麗萍也逢著了一段相互傾心的激情，然而這激情卻不是身體孱弱、心靈平和的她所能負荷的。她為這激情付出了慘重的代價，落得個身心俱焚的結局。片尾，在西山火一樣的紅葉中，身著白色風衣的呂麗萍與愛人徜徉其中，宛似一隻燃燒的蝴蝶……我常想，今天的我們是不是太脆弱，脆弱得連激情都無法承受，以至於激情也成了「遭遇」？

近年曾讀過陳燕妮的《遭遇美國》。美國是無數人心目中的天堂，說美國是地獄常常被當作「得了便宜又賣乖」的風涼話。《遭遇美國》不是風涼話，粗糙的實錄展示了旅美中國人酸甜苦辣、喜怒哀樂的生存狀態，更展示了美國對他們人生觀念的徹底摧毀與全面重塑。想像盧新華在洛杉磯的大賭場作發牌員，儘管他的心已寧靜無風，他卻在我們心中刻下了一道痛楚的「傷痕」。想像華文漪奔波於美國的大學做戲劇示範員，儘管她滿足於用戲劇養活了自己，我們卻認定她該屬於中國文化的「後花園」，該用她華麗古雅的聲音悠悠地唱著《遊園驚夢》……

我猶記得有一年，中國人集體經歷了兩次驚心動魄的「遭遇」：先是遭遇《鐵達尼號》，再是遭遇世界杯。隆冬，《鐵達尼號》帶著高投入、高科技、靚男美女、麗音金曲、巨幅廣告、大小商品等等駛近，把我們撞得人仰馬翻，重新陷入藝術與技術、愛情與金錢、命運與抗爭的糾纏不清的旋渦。盛夏，世界杯經過精心的商業包裝聲勢浩蕩地襲來，把我們無情地裹挾而去，一任我們的心力、體力和財力沉浮於羅納度、巴喬、歐文們鏖戰的硝煙，沉浮於瑞奇．馬丁〈生命的獎杯〉的聲浪，沉浮於體育記者們天花亂墜的墨汁和唾沫之中……

這就是我們今天的「遭遇」。在這樣一個開放搞活、變化頻仍、事物之間交相滲透、多種可能性共存並進的時代，每一件事似乎都能以出人意料的速度、朝著出人意料的方向發展，匯成一片連綿的海洋。在這海洋中，我們的身心卻日益敏感、脆弱，無力抵禦那洶湧澎湃，最終只能是心力交瘁、束手就範，為這海洋所吞噬。於是，生活中發生任何事件——大事、小事、雅事、俗事、好事、壞事、喜事、悲事等等——我們都說是「遭遇」，吃得飽、穿得暖的我們便有了切近而紛繁的並不悲慘的「遭遇」。

其實，「遭遇」即是生活，廣闊無邊，變幻不息。當「遭遇」來復去、去復來的時候，我的耳邊會響起蘇芮的歌聲：「紅塵中有著太多的心事揮之不去，誰知道將來我還會有什麼樣的遭遇……」

美國也成了「遭遇」？

好人

「好人」近年之走近我們，我想，應是源起於電視劇《渴望》主題曲中一句令人動容的歌詞：「好人一生平安。」

回憶從前，我們的生活中也有「好人」，只是這「好人」不常出現在我們身邊，而是出現在虛構的文藝作品中。那時的「好人」都是政治意義上的「好人」，都是與「壞人」勢不兩立的正面人物，都有著高大全的正氣相，讓人一眼就看出是「好人」。這些以政治為唯一標準的「好人」伴隨了我們這代人的成長，對我們影響極大，雖然以之套身邊的人總不太對勁兒，但這絕不影響我們以之套小說、電影中的人物，即如我，進了大學中文系以後好久，還念念不忘弄明白虎妞是「好人」還是「壞人」。

改革開放以後，隨著社會生活中階級鬥爭退為非主要矛盾，「好人」也脫下身上的政治外套，抹去臉上的政治油彩，以別樣的面貌向我們走來。

我們最先遇著的「好人」，是以孔繁森為代表的先進人物，比如說歌曲〈你是一個好人〉中歌唱的陳觀玉、話劇《好人潤五》中表現的李潤五。通觀這些「好人」，發現他們具備如下共性：一是都有諸如養別人子女、救別人窮困之類的善心善行；二是非貧即病，或者承受著不被人理解、不被人接受的委屈，也就是說都稱不上平安。有善心善行卻沒有平安，「好人」因而都有《渴望》中劉慧芳一樣的苦相，也因而得到了眾口一詞「好人一生平安」的祝福。以平易的「好人」代替「模範」、「榜樣」等等頗為儼然的稱號，無疑增加了先進人物的民間感與親和力，然而以「一生平安」作為對「好人」鄭重其事的祝福，卻總讓人有想流淚的感覺——「一生平安」本就是人之為人最基本的需求，而我們日益發達的現代社會卻連這最基本的需求都保障不了，怎不讓人寒心？

由先進人物而普通人物，由別人而自己，「好人」後來便從新聞報導與藝術創作進入了我們的日常生活，且意義變得多元起來。例如，對做了一件半件好事的人，我們由衷地感激：「好人」；對倒霉不走運的人，我們無奈地嘆息：「好人」；對我們認為還不錯的人，我們都給出一個大而無當又令人愉悅的評價：「好人」；而對與我們感覺不對路的人，我們也滿可以顧左右而言它：「好人」……這各式各樣、林林總總的「好人」飽含著我們對平凡生活的感激、對命運不公的無奈、對與人為善的懷疑、對輿論宣傳的譏諷以及對生存策略的熟練運用等等，而其間的真實與虛妄、嚴肅與戲謔、質樸與狡黠，也許只有我們自己才能品味。

數點「好人」，感慨良多，而最令我們感慨的「好人」，其實是我們自己。這些年來，各種思潮起伏跌宕，我們隨波逐流地有過多樣的為人理想，比如說，為文人為商人，比如說，為強人為名人。但是，哪一種理想都不完美，令我們常有顧此失彼之感，於是，我們渴望一種富於包容性的理想；哪一種理想都難以企及，使我們的奮鬥常以失敗告終，於是，我們渴望一種聊作慰藉的理想；哪一種理想都是對我們心智的考驗，有時甚至會把我們推向兩難的選擇境地，於是，我們渴望一種作為價值判斷標準的良心上的理想……

最令我們感慨的「好人」，其實是我們自己。

以上種種，最後凝結成了兩個字，那就是——「好人」。「好人」是那樣的正直、善良、柔韌、親切，我們什麼都可以不是，但我們必須是個「好人」。「好人」雖然還帶著幾分的病、幾分的貧、幾分的痛苦、孤獨與不平安，而那不正是我們自身的最好寫照嗎？世事繽紛、人心變幻，所有的理想都可以退去，所有的標準都可以淡化，而「好人」卻是我們最後的王牌、最後的護身符，是我們頹敗的城堡上最後一面迎風招展的破旗。因此，我們常對自己、對別人說：「我只想做個好人。」恨只恨卻有任賢齊之類的人，在夜深人靜的街角沙啞地唱起〈心太軟〉之類的歌，哭一樣的歌聲揭穿了我們的謊言直戳我們的內心，使我們禁不住淚流滿面：「你應該不會只想做個好人。喔，你總是心太軟、心太軟……」

多年前曾看過日本影星栗原小卷主演德國劇作家布萊希特的《四川好人》，深為女主人公行善反遭殃、作惡卻走運的故事所觸動。看來，「好人無平安」絕非一人一事、一時一地的現象，而「好人一生平安」也只不過是自欺欺人的良好祝願。儘管如此，卻總有人從未放棄做個「好人」，光怪陸離的現代社會中，更是有人以做個「好人」作為處事立身之本。因此，在助人為樂越來越少、助人為樂引發的官司卻越來越多，人與人的情感越來越淡、流行歌曲中的情感卻越來越濃的今天，有一日推門而出，我們忽然發現滿大街都是「好人」，先進的普通的、報上的身邊的、實的虛的、莊的諧的，滿大街的人都在念叨做個「好人」，都在互道「好人一生平安」……

書窗外的城市

「圍城」是座什麼城？

「圍城」是座什麼城？第一次看到《圍城》暗藍色的封皮，我這樣想。

第一次讀《圍城》，是我剛上大學。那時，我年紀尚輕，閱歷尚淺，對生活抱著各種各樣不切實際的幻想，成天懵懵懂懂、無憂無慮的。而且我在文學史上翻不到錢鍾書一頁，我用所學的文學理論闡釋不了錢鍾書，我也不知道《圍城》對中國文學的重要意義。我於《圍城》欣賞的，不是人物、情節，不是思想、感情，而是語言：許多女人的眼睛「像政治家講的大話」一樣「大而無當」，物價「像得道成仙，平地飛升」，柔嘉「打個面積一方寸的大呵欠」，鴻漸「撒一個玻璃質的謊，又脆薄，又明亮」……帶著不諳世事的微笑，我賞玩著那些層出不窮的生花妙喻和雋語，消磨著我不識圍城滋味的青春時光。

八十年代以後，錢鍾書研究漸成中國學術界的熱點。而我之再次捧讀《圍城》，卻是由於電視連續劇《圍城》的播出。電視這種現代傳播手段雖然無法體現錢氏語言的魅力，卻是直觀地展示了情節，塑造了人物。再讀《圍城》，我的興趣已轉向人物——錢鍾書在《圍城・序》裏所說的現代中國的某一類人物，「具有無毛兩足動物的基本根性」的人物。其實，我的身邊一直林林總總充塞著這樣的人物：並不表達「中文難達的新意」卻喜歡在中國話裏夾無謂的英文字的張先生，寫雜拌兒詩把滿月比作「圓滿肥白的孕婦肚子」的曹詩人，平均每分鐘一句「兄弟在英國的時候」的教育部視學，把作者「無聊」題贈的書忸怩示人的范小姐……甚至有時，我會在人物身上看到自己的影子，會不自覺地把人物與自己合而為一。那時，我曾經生活的偏居上海一隅的高等學府，我當時工作的北京鬧市中孤高的藝術殿堂，都恍然給我以圍城之感。從錢鍾書的筆下，我讀出了諷刺、揶揄，我對小說中和生活中那些圍城人物的感覺，恰與辛楣和鴻漸看見汪太太給介紹的對象是范小姐和劉小姐時的感覺一樣：「失望得想笑」——這笑有時也是衝我自己的。

錢鍾書先生

近來又讀《圍城》，年歲與閱歷的增長，使我已再無當初不諳世事的微笑，也不只是能讀出諷刺與揶揄來。我從鴻漸與曉芙因誤會的分離中讀出了愛情永久的疼痛；從「受過高等教育，沒什麼特長，可也不笨」的柔嘉「最大的成功是嫁了一個方鴻漸，最大的失敗也是嫁了一個方鴻漸」（楊絳語）的婚姻中讀出了人生的無奈；從三閭大學內部的明爭暗鬥中讀出了人事無謂的紛爭；從鴻漸與同事、朋友、家人、戀人甚至妻子的隔膜和疏離中讀出了他精神世界的萎縮和逼仄，讀出了人與人彼此間的無法溝通，讀出了人的孤立無助——而這不正是一座最牢不可破的圍城麼？我終於無法再笑出來。合上《圍城》暗藍色的封皮，我亦如被圍於高高的孤獨之城中，心中滿是酸澀、壓抑與無望……

詩無達詁，「圍城」亦無達詁。也許，我眼中的圍城並不盡然是錢鍾書「圍城」的本義。那麼，若論「圍城」在婚姻、職業甚而人生願望方面的本義，於我的生活而言，那更契合「圍在城裏的人想逃出來，城外的人想衝進去」的「圍城」意象的，該是我不斷循環往復的衝進去又逃出來的城市之旅吧？

雕琢藝事

我寫文章向來很雕琢。這雕琢最初緣起於章培恒教授的文學課。

讀書時代，章培恒教授曾給我們上中國古代文學史和明代文學課。學習古代文學史，古典詩歌無疑占了重要的一席之地。於古典詩歌，我喜歡那些自然樸素、平白如話的詩句，像唐詩中的「仰天大笑出門去，我輩豈是蓬蒿人」、「正是江南好風景，落花時節又逢君」等等。而對明代詩歌，我卻一直不喜歡，不管是李攀龍生吞活剝尺寸不失的「模古」，還是唐寅俗言俚語盡入詩中的「求新」，我都認為太雕琢。可章培恒教授卻說：這不是太雕琢，而是雕琢得不夠，沒有把雕琢的痕跡雕琢掉，沒有達到如唐詩一樣的雕琢的境界。那時，我方才明白，原來自然樸素、平白如話的唐詩也是雕琢出來的。

在劇院工作那段時間，我經常到劇組看演員們排戲。當時，院裏有一位天賦不錯也非常用功的演員，他為了使表演更自然樸素、人物更立體豐滿，經常設計一些小細節，像增添兩個小道具、加上兩個小動作什麼的。可每當我從他的表演中一下子明白無誤地捕捉到那些精心「製作」的小細節時，我總是很失望：太像表演了。可于是之院長卻對我說：這其實是表演不到家，沒有從有意識過渡到無意識，沒有達到無表演的表演境界。我當時的感覺是，這無表演的表演境界，不就是章培恒教授所說的雕琢的境界——把雕琢的痕跡雕琢掉麼？而當雕琢的痕跡蕩然無存，呈現在我們面前的，不就是自然樸素麼？

自然樸素，是我們從小就接受的為文為藝的最高目標；引領我們通向這一目標的，是「清水出芙蓉，天然去雕飾」的藝術創作原則。可章培恒教授、于是之院長卻視自然樸素為雕琢之功！我漸漸知道了，自然樸素並不是信手拈來的路邊野花，其內裏有思想的求索、情感的昇華、技巧的推究，其後面是經營之苦、鏤刻之累、研磨之痛——自然樸素乃是雕琢的極致！正如董橋的《書窗即事》所說：「芙蓉出水雖自然，終非藝術，人工雕琢方為藝術；最高境界當是人工中見出自然，如法國妞兒貌似不裝扮其實刻意裝扮也。」

女人們的「刻意裝扮」要達到「貌似不裝扮」並非易事，文人藝人們要做到「人工中見出自然」就更難，即使經過了思想、情感、技巧的經營之苦、鏤刻之累、研磨之痛，也未必能把雕琢的痕跡雕琢掉，也未必能鉛華褪去盡顯天然。即以今天那些努力追求自然樸素的藝術創作來說，在那貌似自然樸素的外觀下，我便常常能感受到凸凹不平的刀痕斧跡：提倡再現生活真實的「第六代導演」，在他們不加修整和提煉的紀實風格的電影中，分明有一種故作平淡其實一往情深的造作，像《陽光燦爛的日子》；在李保田、李雪健等優秀演員的表演中，人為設置的小細節不加節制，小零碎多得幾有賣弄之嫌，像〈搖啊搖，搖到外婆橋〉；所謂的「校園民謠」

〈搖啊搖，搖到外婆橋〉以二三十年代的上海灘為背景。

只不過是大學校園內或喜或憂的風花雪月，它雖然有民謠的自然天真之氣卻缺乏批判社會的民謠精神，不實的「民謠」之名使它顯得矯揉虛假以至於被人斥為「偽民謠」；鋪天蓋地的散文、隨筆、小品、閑話等等，力圖還原生活的本原狀態，可沒有點石成金、筆補造化的雕琢，那絮絮叨叨、拉拉雜雜的文字便成了一本俗情流水帳……借用作家肖復興談民歌的一段話來說，自然樸素「並不是一條河水，任何人都可以舀上來，灌進自己的瓶裏當礦泉水來賣的」。

於我本人而言，從上章培恒教授的文學課至今，我已斷斷續續地雕琢了十幾年的文章，儘管歷經雕琢之苦、之累、之痛，也並未達到雕琢的無痕之境。所幸如今我依然能潛下心來，一筆一劃地雕琢藝事，依然夢想著有一天能雕琢掉雕琢的痕跡，最終雕琢出一派水流花放、月圓風清的自然景象來。

啟蒙的遺憾

我是在成年以後才接觸到中國傳統的蒙學讀本的。每念及此，我總是感到深深的遺憾。

大概是我大學二、三年級的時候，一位滿頭白髮的老先生給我們上古典詩詞課。講到聲律時，為了舉例說明屬對的技巧，他便吟誦起「雲對雨，雪對風，晚照對晴空。來鴻對去燕，宿鳥對鳴蟲。三尺劍，六鈞弓，嶺北對江東。人間清暑殿，天上廣寒宮……」那鏗鏘的音韻、華麗的辭藻一下子吸引了我們。看著我們這些研習中國語言文學的大學生無限神往的樣子，老先生非常悲哀，感慨道：唉，這本清代車萬育的《聲律啟蒙》，只是一本古代兒童啟蒙讀本而已！

古代兒童啟蒙讀本中還有如此美麗的詞句？我驚詫了。在我童年的記憶中，古代兒童啟蒙讀本無外乎是充滿落後腐朽的封建思想的《三字經》、《神童詩》之類，而且總被視為階級敵人用以與無產階級爭奪革命接班人的工具。我印象最深的是一部動畫片中，一個老奸巨猾的階級敵人搖著撥浪鼓四處叫賣糖果，看見小朋友就用糖果施以誘騙，先教他們唱「糖兒甜，糖兒香」，再教他們唱「人之初，性本善」、「萬般皆下品，唯有讀書高」。當然，無產階級革命接班人始終保持著高度的覺悟和警惕，一眼就識破了階級敵人的陰謀詭計，最後高唱著革命兒歌對階級敵人給予了堅決還擊……

從那堂聲律課以後，我對古代蒙學教材有了興趣，開始有意識地看一些《童蒙須知》、《治家格言》、《千字文》、《名賢集》等蒙書。於是，我知道了，宣揚「人之初，性本善」的《三字經》，原來也不乏「養不教，父之過，教不嚴，師之惰；子不學，非所宜，幼不學，老何為?」等至理名言；鼓吹「萬般皆下品，唯有讀書高」的《神童詩》，原來也有「將相本無種，男兒當自強」的自勉自勵和「久旱逢甘雨，他鄉遇故知」的人情世味；《聲律啟蒙》充滿了大量自然景物和歷史典故的屬對實例，聲律優美，意境深厚，讀來妙不可言，堪稱奇書；《增廣賢文》談論立身處世之道，凝結著豐富深刻的人生道理，其意義已遠遠超出了啟迪蒙童的範疇；《幼學瓊林》更是兼容遍覆，無所不包，成為中國傳統文化的一部百科全書，而且編排精妙，文采斐然，確好比美玉一般……尤讓我感慨的是，歷史上很多大學者、大文豪都曾熱心寫作或改編過蒙學課本，像李斯、司馬相如、揚雄、歐陽修、朱熹、蒲松齡、章炳麟等等。而這或許也正是那些蒙學課本千百年來能在繁華都市和窮僻山鄉間長久風行、能在文人學者和販夫走卒中廣泛流傳的原因之一吧。

我的蒙書越看越多。愈到後來，我愈發覺得，我童年時由幾本乾巴巴的新編課本支撐的啟蒙教育是如此偏窄，我的中國傳統文化知識是如此貧乏。而另一方面，那歷史上以蒙書為教材的、教師被嘲弄為「三家村冬烘先生」的私塾教學，在我眼裏卻已不全是對兒童天性的摧殘，不全是封建思想的強制灌輸，而是漸生出些美感

上世紀初的中國私塾先生

來。想像一個高而瘦、鬚髮花白、質樸博學的先生，拿著一本自己兒時讀過的蒙學讀本面對垂髫蒙童，既是傳授著也是重溫著自己的人生知識，歷經滄桑的沙啞的聲音後面是不諳世事的童稚的聲音時疏時密地起伏，誦習著天文地理、古往今來、衣食住行、生老病死、人情世故、文章技藝……我忽然從心裏湧出一絲感動，我為我們先人為將自己的經驗學識傳授給後人而做的頑強、執著的努力感動了。

星移斗轉，時代更迭，古代的許多兒童蒙學教材在現代已不適用了。這其實也是我們這代人沒有蒙書可讀的原因之一。但今天的兒童卻是幸運的，在有了豐富的食品、豐富的玩具以及學習琴棋書畫電腦外語的種種機會之後，終於有人想到為他們編一本蒙學新讀本。不過，也就此一本而已。可我卻總存著希望，希望我們的大學者、大文豪能編寫既繼承中國文化傳統又適合時代發展的蒙學新讀本，希望我們的教師能瞭解蒙學教材在弘揚傳統文化、提高民族素質方面的作用，我更希望今天的兒童不要像我們這代人，直到成年以後才接觸到中國文化的蒙學讀本，從而為人生留下深深的遺憾。

哈佛隨想錄

彷彿在一夜之間，我們發現——哈佛走近了。

曾經，哈佛是在不可望亦不可即的地方，於我們遙遠而神秘。我們只能通過稀稀落落的信息，知道它是享譽世界的王牌學府；通過零零星星的傳記，瞭解它是培養美國總統、諾貝爾獎得主以及其他傑出人物的搖籃；通過我們崇仰的趙元任、林語堂、梁思成、竺可楨等等哈佛畢業生的風采，曲折而朦朧地感受它的學術風尚、人文氛圍以及與歐洲傳統一脈相承的貴族氣息……

確切地說，走近我們的其實是哈佛下設的經理學院。那位靠自學從廢品收購站考上大學、留學英美、入讀哈佛經理學院並獲得ＭＢＡ學位、現在華爾街從商的中國人唐慶華大概未曾想到，他的《哈佛經理學院親歷記》不僅使我們切近而清晰地認識了哈佛經理學院所弘揚的務實作風、經濟準則、奮鬥精神等等，還引致了國內洶湧澎湃、浩浩蕩蕩的哈佛熱潮。

事實上，哈佛熱潮是隨著ＭＢＡ熱潮而生成高漲的。改革開放以後，國營企業一統天下的局面被打破，其他經濟成分的企業長足發展，我國企業步入了劃時代的成長時期。企業的迅速成長導致了人才需求的日益迫切。從八十年代末開始，參照國外教育制度，我國開始對以培養經營管理高級人才為目標的ＭＢＡ教育進行研討、論證、實踐。首創ＭＢＡ學位、以實例教學法聞名並享有「工商管理教育泰斗」、「資本主義西點軍校」、「商界的梵蒂岡」等盛名的哈佛經理學院，自然成為了ＭＢＡ教學的參照與範本。

除卻對ＭＢＡ教學具體實在的借鑒意義外，哈佛於我們更多的是虛實交融的象徵意義。當哈佛走近時，它是古典的哈佛，又是現代的經理學院；它包含著我們曾經曲折而朦朧的感受，又包含著我們今天切近而清晰的認識；它寄寓著我們對學術風尚、人文氛圍、貴族氣息等等的久遠渴望，又寄寓著我們對務實作風、經濟準則、奮鬥精神等等的現實期待。這久遠渴望與現實期待，一面連接著堂堂哈佛，一面卻連接著我們平易的生活與普通的心靈，連接著我們的人生渴望與自我期待，連接著我們的夢想，一個我們隨著改革開放的推進完成了角色定位的「否定之否定」而臻至的夢想，一個我們經由了傳統的知識分子夢想、新型的「先富起來的人」夢想而擁有的夢想，一個多層涵義交織、多重角色重疊的中國現代精英階層的夢想——

哈佛帶著學術風尚與務實作風走近，它承載著我們長期以來無法割捨的對知識的渴求、對學術的尊重，也承載著我們在現實社會中對實踐的強調、對實效的重視，連接著我們的學者夢與實幹家夢；哈佛帶著人文氛圍與經濟準則走近，它承載著我們千百年來積澱心中的對精神文化的依戀、對健全人格的仰慕，也承載著我們在市場經濟中對金錢財富的追求、對商業手段的運用，連接著我們的文化人夢與老闆夢；哈佛帶著貴族氣息與奮鬥精神走近，它承載著我們縈繞於懷難以遂願的對顯赫地位的占據、對貴族生活的享有，也承載著我們在競爭環境中對個人創業的迷戀、對自我實現的崇尚，連接著我們的貴族夢與奮鬥者夢……

然而，可悲的是，正如雍容的交誼舞可以跳到大路旁、高雅的檯球可以打到小巷邊一樣，哈佛最後也走到了地攤上。五光十色的哈佛出版物中，除卻極少數嚴肅認真的之外，大部分內容重複、印刷粗糙；像《哈佛不敗》、《哈佛學得到》、《十二小時哈佛管理學》、《哈佛智慧——使不盡的金點子》等書，從書名到內容都庸俗、廉價；至於「致富的捷徑，成功的法則」、「蘊藏豐富的黃金屋，效益巨大的加速器」、「上至朝堂，下至市井，幾乎無所不適，無往不勝，並且能使亂世變治，無中生有，窮變富，賤變貴，頹局可以扭轉，晴天能起風雷」等前言題序，又與沿街叫賣、坑蒙拐騙無異……終於，我們渴望期待哈佛的學術風尚、人文氛圍、貴族氣息等等消失殆盡，而務實作風、經濟準則、奮鬥精神等等又被推向了一個扭曲的極致。我們不得不承認：那走近我們的哈佛，是被褻瀆的哈佛，同時被褻瀆的，還有我們的夢想。

救救哈佛。如果走近我們的只能是被褻瀆的哈佛，那麼，我們寧願哈佛退回到不可望亦不可即的地方，退回到遙遠而神秘，退回到我們稀落而零星、曲折而朦朧的感受之中……

彷彿在一夜之間，哈佛走近了。

永遠的散文

「散文」於我是一個美麗的字眼：以散散淡淡的心態，鋪開散散漫漫的情懷，讓思緒飛過生活的大地和心靈的天空，再散落凝結成自由、豐富、活躍的文字……我常常懷著這散文般的心境，回首我的散文的來時路途。

在我的中學時代，散文是貧乏的。當時，我能讀到的主要是課本上楊朔、秦牧、劉白羽等作家的散文，其中，楊朔的〈荔枝蜜〉、〈雪浪花〉、〈泰山極頂〉等篇什對我影響最大。大作家能從小小的蜜蜂寫到偉大的精神，能以微言載大義，令我驚詫不已，好生景仰。驚詫、景仰之後便是練筆，我開始努力從平凡的事物中挖掘不平凡的意義，一篇頗得老師讚賞的習作〈繽紛的落葉〉，就是藉落葉為保全大樹而犧牲生命來比喻勇於自我犧牲的奉獻精神。讀寫這種微言大義寓言式的散文，對培養我觀察生活、大膽聯想的能力頗有裨益，只是讀寫太多之後便熟透了微言在前大義在後、微言是「幌子」大義是真言且大義又無外乎是歌頌團結、勞動、無私、勇敢等等精神的路數，又能從微言與大義間覺出一些人為牽強，遂從心裏生出對散文的厭倦來。

從上大學直到以後很長一段時間，我都較少用心於散文，一則因為中文系的教育重心是文藝研究而非文藝創作，二則因為詩歌、小說和戲劇幾乎承擔了當時文學的全部的社會功能和非社會功能，而散文雖已漸漸偏離寓言模式流露尚真實、重自我、求淡化的趨向，卻畢竟是寂寞的——當然，如今回頭來看，也可以說那是散文的醞釀期，時代為散文預留著未來的發展空間。我也讀古代散文，從諸子百家到唐宋八大家再到桐城派，卻從未想過自己也是可以這樣寫散文的；我也接觸周作人、林語堂、梁實秋、張愛玲等人的散文，但它們只屬於在「匕首」、「投槍」間游移的「小擺設」，似乎只供批評不供借鑒；而外國散文和港臺散文，我便很少讀到了。我也圍繞自己的生活

1955 年離開香港前的張愛玲

零零星星寫些東西，都是微言微義日記式的散文，關於校園、同學、故鄉、父母等等，率真平淡，頗沉醉於小我的圈子。

近些年，幾乎是在不知不覺中，我發現自己已置身於一個散文膨脹的年代，不但作者都在寫散文、讀者都在讀散文、出版社都在印散文、書店都在賣散文，而且散文的內容也是膨脹的，談天說地、評古道今、家長里短、正言讜論，凡心靈所至皆是散文；散文的作法也是膨脹的，狀物、敘事、抒情、說理，一句含含糊糊的「形散神不散」已很難說是散文最凝煉準確的概括；甚至散文的範疇也是膨脹的，除了隨筆、小品、雜文、閑話等盡入轂中之外，「新現象隨筆」、「新狀態散文」、「學者隨筆」、「小女人散文」等名目也層出不窮，這既是對中西方散文傳統的回歸，也是對中西方散文傳統的超越。作為當今社會駁雜無序的現實的反映，作為世紀之交紛亂易感的心靈的實錄，這膨脹的散文分不清是微言大義的還是微言微義的，而且也並不貧乏、並不寂寞：張中行於負暄時閑談，以歲月鑄就的沖淡平和憶舊人舊事；董橋於書窗旁戲筆，以貫通中西的情懷文采留散墨眉批；余秋雨於旅途中苦思，以文化探索的深邃蒼涼記山水風物；「小女人」於夕陽下自憐，以甜甜膩膩的美麗傷感寫小情小調……而最終，我也未能抵禦這膨脹的散文的潮流，提筆鋪紙，隨著現實的變幻和心靈的律動，寫走過的城、看過的景、經過的事以及怒過樂過、悲過喜過的心情。

作為一個熱點、賣點，散文終將走過膨脹復歸寂寞；作為反映社會變遷和生命體驗的美麗的個人話語，作為最切近心靈的自由、豐富、活躍的文體，散文應是永遠的散文，但願不會重回貧乏。於我而言，我的那些已寫和將要寫的散文，是過去和未來歲月的留痕，是稚嫩和成熟心靈的回聲，是枯澀和豐潤生命的印跡，因此，也都將是我心中永遠的散文。

《飄》：女人的傳奇

那是一個烈焰呼嘯、濃煙彌漫的夜晚。思嘉懷著對希禮刻骨銘心的愛戀牽掛，駕著瑞德偷來的老馬破車，帶著或病或弱的婦孺奴僕，衝出亞特蘭大奔向故土陶樂。熊熊的火光映照著大地長空，也映照著思嘉恐懼而沉著的臉龐、疲憊而堅強的身軀……

我之讀《飄》已是十多年前的事了。時光荏苒，許多故事情節、人物關係、場景描寫、心理刻畫甚至思嘉作為美國南北戰爭時期的典型環境中南方奴隸主的典型形象的典型意義都從我心中飄逝了。可思嘉由亞特蘭大到故土陶樂的情景卻一直令我激動不已難以忘懷，隨之縈繞我心飄逝不去的，還有思嘉的性格、思嘉的愛情——這一切締造成就的，乃是一部傳奇，一部女人的傳奇。

希禮和瑞德這樣評價思嘉：你是像火、像風的不可馴服的精靈。的確，思嘉是一個精靈般的女人，有著精靈般的性格：她冷酷而又熱情，狡黠而又天真；她虛偽中含著真切，淺薄中透著高雅；她嫉妒卻善壓抑掩飾，自私卻能承擔重任；她追求時不顧一切志在必得，失敗時不擇手段永不言敗……思嘉的性格真與假俱存、美與醜共生，因而並不成熟完美，卻是真實生動、立體豐滿的女人性格。這性格既表現了女人生活中的言行，突出了女人展露於外的性格光彩，又掀開了女人靈魂中的思想，觸及了女人隱藏於心的性格缺憾，是女人性格的誇張和凝煉。這性格像火一樣熾熱，像風一樣迅疾，燃燒著夢想與激情，洋溢著野性與活力，是鮮豔獨特的女人性格的傳奇。

伴隨著思嘉傳奇般的性格，便是思嘉傳奇般的愛情。思嘉的愛情中有這樣兩個男人：希禮是思嘉執著追求卻無法實現的理想，他猶如一盞明燈，支撐著思嘉走過了艱難困厄；瑞德是思嘉熟視無睹若即若離的影子，帶著一絲譏諷的笑和一雙有力的手，他只是思嘉情感邊緣的點綴。然而，當思嘉終能實現理想時，卻發現希禮不過是自己的虛構，如沼澤地裏的磷火原本不值留戀；當瑞德起身離開時，思嘉方知瑞德才是自己的真愛，像一根堅固的支柱可供依靠守望……思嘉的愛情以分離開始以分離告終，因而並不成熟完美，卻是生氣勃勃、搖曳多姿的女人愛情。這愛情經歷了女人愛情的始終，也經歷了女人愛情的沉浮，有愛的夢幻、思念、求索、期待，也有愛的隔膜、懷疑、疏離、失落，是女人愛情的放大和濃縮。這愛情最為多情與無情，滿是希望與絕望，交織著熱烈與冷漠，呈現出燦爛與黯淡，是瑰麗奇異的女人愛情的傳奇——其實，寫就這瑰麗奇異、演出這愛情傳奇的，既是精靈般的思嘉，也是許許多多普通平凡的女人：她們把可望不可即的虛渺當作生命的支撐，卻把相知又相守的攙扶視為生活的點綴；把磷火當作不熄的明燈，卻把支柱視為易逝的影子；她們看不清環境，也審不明自身；實現不了理想，也把握不住現實——她們心中的理想是虛妄的，身邊的現實是曖昧的，當理想在握時理想破滅了，當現實明朗時現實消逝了……從這愛情所包含的環境與自身的衝突、理想與現實的游離中，我竟不由得生發出命運無常、人生無奈的感慨來。

當然，女人的世界裏應不乏成熟完美的性格與愛情。因此，思嘉的傳奇中便有了媚蘭，希禮和瑞德評價為像泥土一樣單純、像泉水一樣清澈的媚蘭。與思嘉的性格相比，媚蘭溫柔賢淑、善良無私、寬容謙讓、忠誠剛強，是成熟完美的女人；與思嘉的愛情相比，媚蘭清醒地認識了環境與自身，成功地連結了理想與現實，因而擁有了成熟完美的愛情——然而，這虛假的成熟完美就像媚蘭的身軀一樣，單薄羸弱，毫無生氣，最終隨著媚蘭的身軀歸於土溶於水，化為了子虛烏有。相反，精靈般的思嘉卻勇敢地活著，如火如風地活著，帶著她性格的光彩與缺憾活著，永不言敗地向無常的命運和無奈的人生挑戰，為改變愛情的現實和實現愛情的理想而奮鬥。於是，成熟完美的媚蘭成了斷章殘篇隨風飄逝，並不成熟完美的思嘉卻成了不滅傳奇飄在風中……

前些年，《飄》有了續集，可我卻一直不願去讀，不願思嘉成了媚蘭，不滅傳奇成了斷章殘篇。我只願留住初讀《飄》時的感覺，只願記取思嘉穿越烈焰濃煙的情景，記取思嘉的性格和

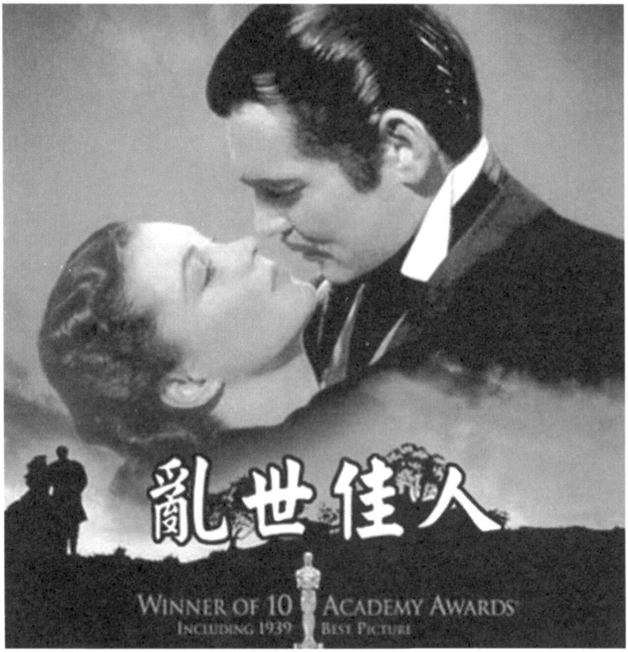

根據《飄》改編的同名電影（中譯《亂世佳人》）海報

愛情，並讓思嘉的傳奇縈繞我心飄逝不去——明天，思嘉又要由亞特蘭大到故土陶樂，她恐懼而沉著、疲憊而堅強地對自己說：我明天要回到陶樂，明天我就挺得住了，明天又是新的一天了。

未名湖隨想

我對北大的嚮往始於青少年時代，這嚮往執著而持久，綿延以至今日。我嚮往著紅樓與民主廣場，嚮往著燕園與三角地，嚮往著博雅塔與未名湖——那是怎樣一個清澈、廣博、充滿活力、富於靈性的湖啊！

因了這執著而持久的嚮往，我對北大的百年校慶便有了格外的關注。那麼，我看到了怎樣的北大呢？

先說大大小小的慶典活動。從人民大會堂的紀念大會到中央電視臺的文藝演出，從黨和國家領導人的整齊出席到趙忠祥的標準主持，北大更多地成為一種政治姿態的象徵而沒有了名校特立獨行的風範。再說花花綠綠的出版物，從舊的文章輯錄到新的命題作文，從史料到演義，從研究北大名人到招徠北大考生，北大淹沒於濃重的商業硝煙而少了名校清高脫俗的氣度。當然，除了與政治、商業的糾纏之外，北大的此次校慶也並不是沒有獨特之處，比如說從深圳發出的北大百年校慶專列，據說就是歷史上第一列為一個大學的校慶而開出的專列，但這樣的「第一」於北大本身又有何真實意義呢？

就這樣，循著北大紅紅火火、熱熱鬧鬧的百年慶典，我走近了心儀的北大。我的心也如未名湖一般蕩起了層層漣漪，只是這漣漪已不再寧靜、柔緩……

北京大學建校於風雲迭起的戊戌變法之際，與祖國和人民一起經歷了辛亥革命、五四運動、北伐戰爭、抗日戰爭、解放戰爭、新中國成立等一系列重大歷史事件，艱苦卓絕地走到了今天。一百年來，北大形成了其愛國進步、民主科學、鑽研求實、創新向上的精神，發揮著倡導自由精神、引領學術潮流、記載時代更迭、啟迪歷史發展的作用。在無數人心中，北大是一片豐饒的綠地、一個崇高的聖壇、一段排解不開的情結。

就在這世紀之交，北大迎來了百年華誕。應該說，此次校慶為整理北大歷史、研究北大傳統、弘揚北大精神提供了一個極好的契機。然而事實上，這契機最終卻只成為了北大既往光榮的一次集體追憶與緬懷。這些追憶與緬懷較多集中在很好地體現了北大精神的蔡元培時代和西南聯大時期，那些美麗的沙灘紅樓軼聞、西南聯大瑣事被北大人和非北大人不厭其煩地津津樂道、絮絮叨叨著。且不說這兩個時期以後的北大是否真正繼承了北大精神，單說北大精神本身，就停留在了半個世紀甚至更長時期以前的層面上。我不知道，這樣的北大還能不能稱為中國「新思潮的發源地」？再者，這些追憶與緬懷眾口復述著北大百年來對國家和民族的貢獻，齊聲稱道北大的百年民主與良知，卻有意無意地迴避著歷史的某些迂迴曲折之處，比如說「點燃文化大革命烈火」的「全國第一張馬列主義大字報」，比如說「文革」中北大的某位風雲人物，比如說「梁效」班子裏的幾支筆桿子。我不知道，缺乏反思自省、拒絕自我批判的北大還能不能稱為我們「民族的良心」？還有，儘管這些追憶與緬懷偶爾也提及北大改革開放後的成就，但這些成就在全國最具影響力的，乃是推倒南牆，是北大方正，是翻譯出版的比爾・蓋茲。我也不知道，如果北大只剩下了計算機和英語，北大還能不能稱為國人「精神的家園」？

這便是我所嚮往的北大與北大精神？論及北大精神，人們常以蔡元培校長的「思想自由，兼容並包」為其最好闡釋。我總認為，這「思想自由，兼容並包」的精神，北大人不僅應高揚於燕園內，而且也應高揚於燕園外的整個文化知識界。然而，從北大百年慶典來看，那儀式的規格、傳媒的聲勢、北大人言必稱「第一」動輒說「之最」的態度以及那些追憶與緬懷中充溢的自傲、內閉、獨尊等等，都表明北大人離北大精神相當遙遠。他們似乎忘了，現在的北大已很少發出振聾發聵的時代之聲，北大的一些學科與專業已不再居全國高校之首，北大的優勢也較大程度上依賴於地理優勢以及由此帶來的政策優勢。他們似乎也忘了，未名湖的波光瀲灩之外，還有「水木清華」的蔥蘢、「旦復旦兮，日月光華」的燦爛；蔡元培與北大之外，也還有張伯苓與南開、竺可楨與浙大……

北大百年校慶終於光鮮地落幕，我心中的北大卻已漸漸黯淡。這樣的結局於我、於我多年來執著而持久的嚮往，都是殘酷的。我多麼希望心裏能永存著那分嚮往，永存著那個湖，那個叫作未名的湖，清澈、廣博、充滿活力、富於靈性的湖……

未名湖與博雅塔全景

愛情隱秘散落一地

大約是八十年代初的一個夏天，重慶的七、八月份，我跟著父母去親戚家串門。中午，我在地板上鋪上涼席，躺在上面準備午睡，卻看見屋角有一堆過期的書報。順手抽出一本《世界文學》之類的雜誌，我讀到了這樣的文字：「你，與我素昧平生的你，我要向你傾訴我整個的一生，我的一生是從我認識你的那一天開始的……」為這如天外來音的文字所吸引，我開始閱讀茨威格的小說《一個陌生女人的來信》，傾聽一個陌生女人的傾訴。

這是我從未聽聞的完全個人化的傾訴，是一個絕無僅有的愛情隱秘，但卻觸及了人所共知的生命隱秘，是靈魂的傾訴、命運的傾訴、生命的傾訴。我坐在地板上，流著汗與淚，捧著過期的雜誌，傾聽這駭世驚俗、振聾發聵的傾訴。當我合上雜誌的時候，我覺得我不只是傾聽了一個隱秘，我還獲得了一股感悟生活、淨化心靈的力量，擁有了一分悲天憫人的情懷，我有種酣暢淋漓的感覺。此時，正是重慶酷暑難當的夏日的午後，烈日高照，周遭無聲，偶爾有一兩聲蟬鳴傳來，讓我的心鬱熱而寧靜……

很多年很多年以後，社會發展，人心變幻。人們自我意識越來越強，儘管依然在乎別人的看法，可最珍重的卻是自我感受；人們越來越開放，即便是最私密的愛情體驗，也可以與人分享；人們越來越提倡言論的平民化，不管最偉大還是最普通、最有名還是最無名，人人都有傾訴的權力、傾訴的空間。因而有一天，我發現自己已被傾訴所包圍，那是我們電視裏見的廣播裏聽的報紙上讀的總之是我們身邊的各樣男女的傾訴，那是以自傳日記口述等等各種方式呈現的傾訴，那是林林總總、五花八門的愛情

奥地利小說家茨威格有「靈魂的獵手」之稱（羅曼・羅蘭語）

隱秘的最個人化的傾訴。

　　在夏日漫長無邊的深圳，也是一個中午，在有淺藍色百葉窗和進口空調的房間裏，我把自己埋在鋪有磨砂涼墊的真皮沙發裏，信手翻閱一摞最漂亮、最新潮、最暢銷的傾訴類書籍。在閑寂無聊的時刻，我不妨聽聽與我同時代人的傾訴。更何況，我期盼著再一次的酣暢淋漓。

　　主持人講述「腸子都悔青」了的戀愛，演員回憶與前妻「不得不說的故事」，職員王棉吐露絕望的奮鬥和墮落，作家王雨記錄傷心的坐臺經歷，還有許許多多叫慧娟、丹丹、文玉、松雨的人對著錄音機口述感情歷程……每一個傾訴者都以珍視的態度對待愛情隱秘，都用獨特的宛若前生的話語陳述離奇的一波三折的情節，並生發出種種與眾不同的人生感慨。可是，當我傾聽這些愛情隱秘的時候，我卻覺得我聽到了話語卻沒聽見靈魂，聽到了情節卻沒聽見命運，聽到了人生感慨卻沒聽見生命。於是，話語淡忘了，情節模糊了，人生感慨變成了老生常談，而愛情隱秘也未昇華為生命隱秘。既然如此，所有的愛情隱秘就毫無意義，所有的傾訴就如出一轍，以至於當我試圖清理每一段傾訴的時候，我已把主持人演員王棉王雨慧娟丹丹文玉松雨等等的故事混為了一談。

這就是我們這個時代最個人化的愛情隱秘的傾訴？於我來說，這些傾訴絮絮叨叨、嘈嘈雜雜，未能從個人的愛情故事切入到共同的生命體驗，充其量也就是可以置換、可以翻版的一次性愛隱私的集體傾訴。從這樣的傾訴中，我無法獲得感悟生活、淨化心靈的力量，無法擁有悲天憫人的情懷。而在有百葉窗淺藍色暗影和進口空調習習涼風的房間裏，我也終於沒有再一次的酣暢淋漓。我在沙發上昏昏睡去，愛情隱秘散落一地。

我忽然想起了多年前重慶的那個夏天，我忽然對那種鬱熱而寧靜的感覺充滿了嚮往。走出房間來到深圳的烈日下，我在書店買了本茨威格小說集。我渴望再次閱讀《一個陌生女人的來信》，再次傾聽一個陌生女人傾訴愛情隱秘，再次跟隨那位十三歲的尚未完全發育的女孩透過門上的圓孔守望年輕房客歸來，或者陪伴那位十八歲的成熟美麗的女子站在風中的街頭張望中年紳士窗口的燈光……

尋找《黑王子》

……該是美國的一個小城鎮，該是晚秋初冬的季節，該是那種木造石砌、室內有壁爐、門前有灌木的房子。中年作家正在為女孩輔導文學課。今天他們談的是《哈姆雷特》，關於哈姆雷特的愛情、仇恨、思考、行動等等。忽然，女孩說：我曾經演過哈姆雷特。中年作家說：是嗎？那麼給我講講你的著裝吧。女孩想了想，描述道：我穿黑色的緊身衣、黑色的披風、黑色的天鵝絨鞋，戴一條銀色的項圈……

我不知道這樣的畫面我已經想像過多少次，我也不知道這畫面的意義我思索過多少次，反正這麼些年來，我常常就這麼想像著、思索著那位中年作家的故事，為他對女孩的愛戀而激動，為他生活中、寫作中的種種困惑而苦惱，為他殺害女孩的父親、自己的同事而震驚，也為他獄中哀婉的回憶而嘆息，而我更為那凝結著對道德、宗教、愛情、藝術等等的深刻思考的黑王子形象而苦思冥想……以上種種，卻原來都是源起於一本書，一本美國女作家愛瑞斯・默多克寫的書，一本我尋找多年的書——它的名字叫《黑王子》。

《黑王子》最早出現在我生活中，大約是在十多年前。那時，我正在上海的大學裏攻讀文學，在應必誠教授的指導下研究小說學，而我研究的重點則是小說的敘述模式問題。由於當時國內文學理論界剛剛把小說作為專門學科進行研究，而中國當代小說家在敘述模式方面的探索也才起步，因而可資借鑒的資料十分貧乏，我的研究經常陷於困頓阻滯之中。一天，我在圖書館讀到一本外國小說學著作，其中的一段作品分析引起了我的注意：《黑王子》是一本有著獨特敘述模式的小說，除小說主體故事以主人公（中年作家）第一人稱敘述之外，作家還設置了兩個前言（編輯前言、主人公前言）、六個後記（主人公後記、主人公前妻後記、主人公的朋友兼心理學家後記、女孩母親後記、女孩後記、編輯後記），從頻繁變換的視角展現一樁愛情悲劇的真相，揭示其中蘊涵的生活本質……如此獨特的敘述模式不正是我研究的最佳對象、典型範本嗎？不正是我賴以走出研究的困頓阻滯的有利路徑嗎？懷著一分驚喜交集的心情，我急切地開始尋找《黑王子》。

圖書館裏，中文書庫內沒有，外文書庫內只有一個孤零零的書目；資料室裏，中文資料內沒有，外文資料內偶能見到一些作者介紹、故事梗概、風格分析、象徵闡釋之類的文字，可都是些浮光掠影的隻言片語；問老師同學，中文系的都是「不知道」的斷然否定，外文系的卻常是「彷彿有點印象」、「大概與愛情、藝術、現代生活有關吧」、「是不是涉及《哈姆雷特》」、「似乎有很多象徵」等等的莫衷一是、語焉不詳……我就這樣認真而執著地尋找著《黑王子》。隨著尋找的深入，我漸漸發現，《黑王子》不只在敘述模式上，而且在故事編織、情感渲染、語言把握特別是象徵運用以及對現代生活本質的揭示上都有其不同凡響之處，並且在西方文學界頗具影響。我的發現無疑更激起了我尋找的欲望，引發了我更加認真而執著的尋找。然而直到畢業，我都沒能找到《黑王子》。儘管我的研究最終成了文、交了差，可《黑王子》的缺席卻成了這次研究的一個遺憾，而《黑王子》也從此成了我心中的一個謎。

畢業以後，我進入北京人藝工作，每日臺前臺後地忙碌，《黑王子》似乎漸漸淡出我的生活。後來，林兆華導演的演劇研究室排演《哈姆雷特》，我應邀前去觀看。走進劇院四樓拐角處的排練廳，我見到了一個奇特的排演場面：舞臺上不是古雅堂皇的丹麥中世紀宮殿，而只是幾塊皺摺的黑灰色幕布；演員們不是頭戴假髮、身著緊身衣、披著斗篷、挎著長劍的古代裝束，而只是穿著素色的現代便裝；演母后的演員站在奧菲利婭的位置，演哈姆雷特的演員說著波洛涅斯的臺詞，人物關係已模糊不清；而林兆華正在向演員們闡述著這樣的導演意圖：既然「這是一個顛倒混亂的世界」，那麼，我們將設置哈姆雷特與國王克勞狄斯、大臣波洛涅斯的角色轉換，以此象徵美與醜、善與惡的顛倒混亂；既然「人人都是哈姆雷特」，那麼，克勞狄斯、波洛涅斯也都面臨著與哈姆雷特一樣的「是或者不是」的選擇，因而「生存或者毀滅」的獨白將由哈姆雷特、克勞狄斯、波洛涅斯三人既作為角色也作為演員共同完成……就在那一瞬間，在昏暗幽深的排練廳裏，我忽然想起了《黑王子》，因為我知道，《黑王子》也有角色轉換，也有時空交錯，那位中年作家也表達過「人人都是哈姆雷特」的思想，也陷入過「是或者不是」的困境，生發過「生存或者毀滅」的感嘆。常言道，智者的思維是相通的。如今，舞臺上的《哈姆雷特》已將林兆華的觀念展露無遺，那麼，《黑王子》究竟展現了怎樣的現代觀念，揭示了怎樣的深刻哲理，而黑王子形象本身究竟又有怎樣的象徵意義呢？帶著這種種的疑問，我又開始尋找《黑王子》。

我在劇院的資料室查閱，我在各級圖書館搜索，我向外國文學專家、戲劇專家請教。

然而，除了「是哈姆雷特形象在現代社會的延伸」、「提出了許多智慧精深的柏拉圖式的問題」、「作者對道德、宗教、藝術、愛情等等有著獨到的見解」之類大而統之的話之外，我此次的尋找再沒有獲得更多的信息。我又一次無功而返。那段時間，我常常坐在四樓排練廳裏，沉浸於昏暗幽深中，看黑灰色的幕布靜靜地搖晃，看演員們在多重角色中進進出出，看林兆華以他的方式演繹《哈姆雷特》，我想，《黑王子》是否真的就是我永遠解不開、參不透的謎？

在北京工作了幾年以後，我南遷深圳。從上海、北京這樣的文化城市到深圳經濟特區，從高等學府、藝術團體到國有企業，從做學問、搞藝術到當秘書，城市、單位、身分的轉換引致了我生活與情感的徹底變化。對往昔高雅詩意、清苦平淡的生活，我既有留戀又有厭倦；對面前具體務實、瑣碎繁雜的生活，我既感新奇又感失落。我心煩意亂，甚至面臨去與留的痛苦選擇。那時，我心裏常會湧起哈姆雷特「是或者不是」、「生存或者毀滅」般的迷惘，我常感覺自己著一襲黑衣，帶滿臉憂鬱，自傲清高、孤立無援地站在現實與理想、物質與精神、人生與藝術等等的十字路口，為濃重無邊的黑暗所包圍，茫然不知向何處去。有一天，我忽然又想起了我尋找已久的《黑王子》，我覺得我已進入了黑王子的境界，我發現其實我就是黑王子、黑王子就是我……後來，我的心境漸趨平和，我依然留在企業勤勉地工作，同時把這種學院、劇院以外的體驗當作一種生活積澱，以此去重新打量文化與藝術。我又拿起筆、鋪開紙，開始讀書思考寫作。自然而然地，《哈姆雷特》成為了我關注的重點之一。

從中學時代看勞倫斯・奧利佛主演的《王子復仇記》，到大學歐洲文學課上聽老師講《哈姆雷特》，到劇院時期看林兆華導演的《哈姆雷特》，再到如今在深圳切實地感悟《哈姆雷特》，我著手整理我在人生不同時期對《哈姆雷特》的不同理解。面對各種各樣的書籍、報刊、筆記、劇照等等，我深知我不該遺漏其中的一個重要組成部分，那就是《黑王子》，那就是我長期以來對《黑王子》的嚮往、尋找與遙遠的理解。於是，我又一次開始尋找《黑王子》。我向留學歸來的同學打聽，我請香港大學的朋友查找，我在 internet 網上檢索，我甚至託人把電話打到了美國的大學……然而，除了些極含混的高度評價、極空泛的深刻分析外，我的尋找依然毫無進展。《黑王子》終於又逃過了我自以為廣泛嚴密的搜索，在我眼前匆匆一晃，便遁入茂密的黑暗當中，只透給我一個隱約的謎一樣的背影。

有一天，在鬱悶的深圳八月的夏日，面對滿桌的《哈姆雷特》材料和零亂的《黑王子》信息，我忽然湧起一個念頭，也許我該放棄尋找《黑王子》了。回想這些年來，從校園、舞臺到企業，從研究敘述模式、印證演劇方式到體驗活生生的現實生活，我對《黑王子》的尋找本身就有一種奇特的象徵意味，它如一根幽幽的絲線，連結著我人生的各個階段，連結著我對學問、對藝術、對生活的真義的追求，連結著我對自我世界的不斷探索。既然這樣的探索本無終結，《黑王子》找到與否也就不會影響我的探索，既然《黑王子》或許並不如我想像般優秀，圍繞它的一切原就是我憑藉一鱗半爪的信息強加於它

《黑王子》是否真的就是我永遠解不開、參不透的謎？

的，既然尋找到後來方發現我就是黑王子，而認識到這一點也許就意味著我已找到了《黑王子》，那麼，我何不就放棄尋找《黑王子》，何不就讓它永存於我的想像與思考中，永存於那座小城鎮、那個晚秋初冬的季節、那棟典雅詩意的房子中，永存於中年作家與女孩探討《哈姆雷特》的純美畫面中呢？

一個月以後，供職於香港中文大學的一位大學校友來深看我。晚餐席間，他從背包裏取出一個牛皮紙袋。我接過來，解開封扣，從裏面抽出一本書。我定睛一看，是英文版的《黑王子》。書是純黑色的封皮，上面有一幀《哈姆雷特》的劇照，哈姆雷特穿著黑色的緊身衣、黑色的披風、黑色的天鵝絨鞋，戴一條銀色的項圈……

城市舞臺

《雷雨》自由談

從《雷雨》一九三五年首演至今，已經有半個多世紀了。半個多世紀中，《雷雨》已無數次地被推上舞臺、推上銀幕。今天，當北京人藝又一次以全新陣容推出《雷雨》時，人們不禁擔心，《雷雨》是否還能感染那些反復地看過《雷雨》、評過《雷雨》、對《雷雨》已經爛熟於心的老觀眾，又是否能吸引那些僅在中學課本上讀過《雷雨》的青年朋友？

現在距離《雷雨》首次走上舞臺時的社會環境和文學背景已經很久遠了。我們今天的戲劇已很少採取《雷雨》那樣的樣式。《雷雨》是閉鎖式的結構，時間集中於一天，地點集中於兩家，情節集中於有著純粹巧合的親緣關係的八個人物，在很大程度上遵循了三一律的戲劇創作原則。而現在我們卻視三一律為束縛藝術創造的陳規舊律，更多地依據時間順序和情節進展自由地採取開放的結構方式。同時，現代日益開放的戲劇觀念越來越企圖還生活以本來面目，認為生活是一種散狀結構，並不總是由無數的巧合組成的，因而，現代的戲劇也不太以純粹的巧合來作為情節發展的契機。

而《雷雨》恰是以三一律的結構和多樣的戲劇巧合作為基礎，巧妙地安排，細緻地編織，把兩代人八個人物三十年間的恩恩怨怨、蔓絲瓜葛在一天兩個地點裏集中強化地展示出來。《雷雨》結構緊湊，情節曲折，衝突強烈，它在人與人的交叉、扭結、糾纏的繁複關係中刻畫了人的性格，表現了人的命運，吸引觀眾對人的性格和人的命運產生強烈的興趣和深刻的關注。這正是《雷雨》賴以吸引和感染新老觀眾的魅力所在，也正是《雷雨》半個世紀以來長演不衰的原因所在。

《雷雨》無疑是一齣悲劇，但我們無須把對這齣悲劇的評判結果強加給觀眾，因為《雷雨》自身展示的關於人物性格與命運的一切已足以打動觀眾、震撼觀眾，足以使觀眾在心靈的強烈震撼中生發自己的感受：有的觀眾願意直觀地把《雷雨》理解為亂倫悲劇，把那撕心裂肺的雷聲視為上天對人間母子兄妹亂倫關係的一種懲罰；有的觀眾卻從周樸園父子與侍萍母女的經歷中感受到了一種不可抗拒的命運的力量，那驚天動地的雷聲便是這命運的力量的一種神示；有的觀眾則努力去尋找隱藏在悲劇背後的深刻的社會原因，指出不公平的社會制度才是造成這一社會悲劇的最終根源，而雷聲正是這社會中兩個對立階級間尖銳的矛盾衝突的象徵……

每一部成功的戲劇，它的意義指向都不該是單一的、封閉的。就《雷雨》來說，儘管它的結構是閉鎖式的，但它的意義卻是多元的、開放的。所以，還是讓我們摒棄關於《雷雨》的那些先入觀念和理論評判，輕鬆地步入劇場，盡情地沉浸在劇中人物複雜的糾纏瓜葛和極度的喜怒哀樂中，在隆隆雷聲中去自由地品味、自由地咀嚼戲劇的意蘊吧。

北京人藝《雷雨》劇照

《茶館》仨老頭散記

從一八九八年戊戌變法失敗、經民國的軍閥混戰、到本世紀四十年代解放戰爭，《茶館》的劇情跨越了五十年的時間。它再現了舊中國半個世紀的社會政治風貌，也展現了王利發、秦仲義、常四爺仨老頭由青年、壯年而老年直至最後撒紙錢自奠的悲慘生命歷程。

從一九五八年首演、一九六三年二次公演到一九七九年以後連續不斷的複排演出和出國訪問、直到亞運藝術節上的再次登臺，北京人藝的《茶館》也跨越了三十餘年的時間，共演出四百餘場。曾以三十多歲的英年出演《茶館》仨老頭的于是之、藍天野、鄭榕，都已步入花甲之年，實實在在可以無愧於「仨老頭」的稱呼了。

話劇大師于是之，擔任著北京人藝第一副院長的職務。平日裏，為劇院從大到小、從裏到外的各種事務性工作所累，于是之總是一副憂心忡忡、若有所思的神情，微微發福的他步履也緩慢而凝重。

然而一進入《茶館》第一幕的規定情景，穿行於熟悉的茶桌、茶客中間，于是之的步子一下子變得輕快利索。他端茶送水，忙前忙後，迎四方來客，顯八面玲瓏，把個裕泰茶館經營得還算紅紅火火。到了第二幕，人到中年的他依然滿懷希望、精神抖擻，忙忙碌碌在茶館四處張貼「莫談國事」的標語——當然最後國事還是橫衝直撞地進了茶館。

到了第三幕，老年于是之以他豐富的人生經歷和舞臺經驗特別是對老年人體

北京人藝《茶館》仨老頭（由左至右）：秦仲義、王利發、常四爺

態心態之切身體驗，對王利發的塑造無疑比以前更為成熟。或許觀眾們有所不知，第三幕中那個精彩的仨老頭撒紙錢的片斷來源於當初一次普通的排練：那是一九六三年第二次公演之前，焦菊隱重排這段戲，他叫三個演員把許多重要臺詞直接說給觀眾。說也怪，這麼一個輕微調整，非但沒有因為彼此間交流的減少而丟掉了真實，相反，感情彷彿能夠更自由地抒發出來。難過時眼裏不覺蒙上淚花，該笑時也笑得喘不過氣。有一次，笑累了，于是之隨隨便便背朝觀眾坐在一條板凳上，該他說話了，他聽見了焦先生的插話：「你就這麼說。」於是那句「改良啊，改良，我一輩子都沒忘了改良」，就變成了背對觀眾面朝天的王利發式的抒情……

這段戲取得了空前的成功。然而當初年輕的于是之沒去問焦先生：你為什麼提了那麼一個要求，你又是根據什麼提出來的？——這成了于是之生活中的一樁憾事。

一晃三十多年過去了，焦先生早已作古。于是之只能在一次又一次的體驗創造中去猜度焦先生的意圖。他也常不禁自問：為什麼焦先生在的時候我沒去請教呢？于是之不無自責地說：「答案的內容是豐富的，往事並不都如雲煙，有的偏似鉛塊，想起來便覺得悶壓。」

一陣走騾蹄聲和鈴聲由弱而強地響起，壓倒了茶館的嘈雜與喧囂。蹄聲鈴聲由強而弱之後，年方二十的秦仲義手提馬鞭，滿面春風上臺。他昂首四顧，旁若無人，頗有一副風流年少、躊躇滿志的派頭，這正應了「春風得意馬蹄疾」的詩意。

扮演秦仲義的藍天野已年逾六十。退休後，他很少在話劇舞臺露面，但登臺一個漂亮的亮相，仍不失青年時代著名英俊小生的風采。

秦仲義與王利發談過變賣房產、開辦工廠諸事之後，趾高氣揚的龐太監在一幫跟車隨從的吆喝聲中上場了。秦龐二人在舞臺正中茶館中門臺階上面對面相遇。秦：「這兩天您心裏安頓了吧？」龐：「那還用說嗎？天下太平了。聖旨下來，譚嗣同問斬！告訴您，誰敢改祖宗的章程，誰就得掉腦袋！哈！哈！哈！」……

秦龐二人毫不相讓地對峙著，表面上彬彬有禮，內心裏卻針鋒相對。他們在舞臺上已對峙了三十餘年之久，而每次對峙，藍天野都會憶起秦龐二人之間的那段「前嫌」——

原來，一九五八年排練時，為了找到秦龐二人誰都想侮辱對方的生活根據，藍天野和扮演龐太監的童超設計了一個名為「鵪鶉鬥」的小品：秦仲義叫人給物色到一隻絕頂出色的鵪鶉，偏巧被龐太監看見了，也爭著想要，秦又不肯相讓。中間人劉麻子來回說和，爭執不下。但畢竟是秦仲義先買妥的，又肯出極大的價錢，鵪鶉到底還是歸秦仲義所有了。鵪鶉到手後，秦仲義吩咐僕人：「去送給龐老爺。」龐太監氣惱之下，吩咐王利發：「拿去給我炸了吃！」秦仲義哈哈大笑回敬了一句：「龐總管，您好雅興！」

三十幾載光陰已過，秦龐二人「前嫌」難消。藍天野每每談起往事，總認為這段小品對他把握人物關係、捕捉人物感覺大有幫助。難怪每次舞臺上與龐太監相遇，他總會對那段「前嫌」記憶如昨了。

生活中的鄭榕是一個正直嚴謹之人，其為人處世之道有時甚至過於方正——做任何事都一絲不苟，有板有眼：參加任何活動和會議從不遲到，發言必做準備，必有底稿，至少是提綱。即便是飲食起居，鄭榕也極有規律，以至於有人給他取綽號為「鐘」。得益於這種嚴謹的修身養性之道，年近七十的鄭榕依然動作俐落、精力充沛。

在對待藝術的態度上，鄭榕更是嚴謹之極。凡是他參加的劇組，不排他的戲時，他也到排練廳看戲；凡是有演出的當晚，他都提前一小時到後臺，化好妝，閉上眼睛默戲。有位評論家曾說，鄭榕創作態度之嚴肅、治藝演戲之認真，會令人想到賈島「二句三年得，一吟雙淚流」的苦吟精神。

鄭榕開始接受常四爺這個角色時，覺得這個人物是編劇想在悲劇的冷色調中摻點暖色而硬加上的概念性正面人物，因此就在清裝、長辮、身段、眼神等外在特徵上豐富這個人物。鄭榕後來在總結中批評自己的表演是「舞臺上的張牙舞爪，一腦門子情緒，看什麼都不順眼，撐著架子演正派」。

鄭榕後來認真研究了每一幕的環境和人物特定的心理狀態，對常四爺的硬漢子性格分不同時期作了不同的表現，有躲閃迴避、有臨危不懼、有老練成熟，直到第三幕才終於從心底傾吐出「盼哪，盼哪！我盼著誰都講理，誰也別欺負誰」的心聲，真正表現出常四爺硬漢子的本色。

然而，這樣的硬漢子是不為那個社會所容的。常四爺拋撒著紙錢自奠，後面跟著潦倒的秦仲義、衰老的王利發。在紛紛揚揚的紙錢中，他們最終結束了自己不斷奮鬥追求、到頭來卻失意落魄的一生。

仨老頭被舊社會埋葬了。然而，于是之、藍天野、鄭榕創造的仨老頭卻成為不朽的藝術形象，將永載中國話劇藝術史冊。

生存或者毀滅

掛滿骯髒、皺摺的黑灰色幕布的舞臺上，雜物遍地，屍體橫陳。王子哈姆雷特與國王克勞狄斯身著粗糙的本色袍服，面對面站立。突然，他們同時舉劍向對方刺去。轉瞬之間，哈姆雷特倒了下去，克勞狄斯卻站立不動，開始吩咐霍拉旭向冷酷的人間講述王子的故事……

這是多年以前由北京《戲劇》雜誌社演劇研究室演出的《哈姆雷特》的最後一幕。在那一時刻，我與所有的觀眾一樣，不知道誰是哈姆雷特誰是克勞狄斯，究竟是哈姆雷特殺死了克勞狄斯還是克勞狄斯殺死了哈姆雷特。而導演林兆華卻說：我們沒必要深究這些問題了，因為在這個顛倒混亂的世界上，人人都是哈姆雷特——這正是林兆華給「說不盡」的《哈姆雷特》的一個嶄新說法。

這是一個充滿現代哲學意味的說法。在這樣的前提下，舞臺布景被中性化了，外貌服裝被普泛化了，我們看到的不再是中世紀的丹麥，我們面對的也不再是頭戴假髮套、身著緊身衣、披著斗篷、挎著長劍的古代王子。因為這是一個顛倒混亂的世界，於是便有了王子哈姆雷特與國王克勞狄斯、大臣波洛涅斯的角色轉換以及由此帶來的美與醜、善與惡的顛倒；既然人人都是哈姆雷特，那麼，克勞狄斯、波洛涅斯也面臨著與哈姆雷特一樣的處境，面臨著與哈姆雷特一樣的「是或者不是」的選擇。最終，那段著名的「生存或者毀滅」的獨白便是由哈姆雷特、克勞狄斯、波洛涅斯三人既作為角色也作為演員共同完成的——一段流芳百年的華彩篇章，於是還原為了一個人人都會面對的樸素的哲學命題。

尊貴的王子沒有了，真假的界限模糊了，復仇的情節稀釋了，悲壯的色彩淡化了。一個驚心動魄的古典歷史悲劇就這樣在林兆華的導演棒下成了一齣冷靜客觀地探討人的尷尬處境的現代荒誕劇。我深深折服於林兆華的思辨力和藝術創造力。可同時，我心裏又慚愧無比——當我看著三位演員時而分離時而重疊地在王子、國王和大臣的角色中頻繁變換以期詮釋「這是一個顛倒混亂的世界」、「人人都是哈姆雷特」的哲學命題時，我

最早的《哈姆雷特》劇本封面（丹麥版）。

從未感動過。

其實，對《哈姆雷特》，我是曾經深深感動過的。那是在中學時代看黑白電影《王子復仇記》的時候。曲折的復仇情節、錯綜的人物關係、濃郁的悲劇氛圍、凝重的古典風格以及勞倫斯・奧利佛英俊憂鬱的扮相、孫道臨美不勝收的配音，形成了一種無與倫比的震撼力，把我感動得夜不能寐，雖然那時我並不知道莎士比亞是什麼人、《王子復仇記》究竟有何深刻涵義。

後來上了大學，學習歐洲文學史學習西方文論，知道了《王子復仇記》魅力的源泉即是所謂的「莎士比亞化」——這是馬克思、恩格斯在論歷史悲劇的創作時所提出的論點。在致拉斐爾的信中，馬克思、恩格斯以「莎士比亞化」反對「席勒式地把個人變成時代精神的單純的傳聲筒」，認為歷史悲劇創作的理想是「較大的思想深度和意識到的歷史內容同莎士比亞劇作的情節的生動性和豐富性的完美的融合」，反對「為了席勒而忘掉莎士比亞」……現在想來，林兆華之重新解釋莎士比亞劇作或許已偏離「莎士比亞化」而有些「席勒式」。如果說是「莎士比亞化」使我感動於黑白電影《王子復仇記》的話，那麼，也許正是「席勒式」使我對現代話劇《哈姆雷特》無動於衷。

「莎士比亞化」和「席勒式」真的就這樣涇渭分明麼？我無法肯定。今天，馬克思、恩格斯關於歷史悲劇創作的所謂「完美的融合」的理想也許依然沒有實現，可我認為，對作為中國當代最優秀的話劇導演之一的林兆華來說，現代哲學意識與古典名劇本身情節的生動性和豐富性在《哈姆雷特》中達到「完美的融合」，卻是完全可能的。

畢竟，面對「莎士比亞化」或者「席勒式」的選擇，並不與面對是或者不是、生存或者毀滅的選擇一樣。

智慧的痛苦

「……一個天氣晴朗的日子。父親走出病房，坐在醫院的陽臺上。陽臺空無一人。他坐在太陽光裏，而同時，他也在他的夢中。他的一生像夢境一樣在他的腦海中浮現。……他時常自責，平日只要他稍一閑下來，他的頭腦就不停地轉；而在醫院裏，他徹底閑下來了，所以他的思想時常就像被鞭子抽著的陀螺。這根鞭子往往是：自我剖析。他因此而痛苦……」

那是多年以前，女作家萬方向我講述她的父親，她的身體衰弱、精神卻並未衰弱的痛苦的父親——曹禺。沿著萬方

戲劇大師曹禺

充滿感情卻迴避理性分析的講述，沿著曹禺研究者們一筆帶過的評語，沿著劇院內外話劇前輩隻言片語的回憶，我艱難地探究著中國一代戲劇大師最深切、最難言的痛苦。

一九四九年，三十九歲的曹禺迎來了新時代燦爛明媚的陽光，信心百倍地準備走向又一個創作高峰。他學習歷史唯物主義，學習毛澤東文藝思想，真誠地接受創作任務，真誠地體驗生活、查閱史料。他由衷地希望用戲劇創作為政治、為人民大眾、為社會主義服務。他先是對《雷雨》、《日出》進行了改編，給周樸園加上了買辦性質，強化了魯媽的反抗，把方達生改成地下工作者，讓小東西在工人們的幫助下逃出火坑，等等。後來，在《明朗的天》中，為了指出知識分子改造的必由之路，他讓凌士湘穿上軍裝，笨手笨腳地行了軍禮，喜劇式地奔赴朝鮮戰場；在《膽劍篇》中，他根據階級論充分考慮句踐作為統治階級的局限性，而對庶民的代表苦成則加以理想化的拔高；在《王昭君》中，他讓昭君說出「難道皇帝不也是要百姓們供養」的進步語言，還在分析昭君自請遠嫁的原因時加上了昭君父親「希望塞內塞外人和好」的遺願，一如當時許多文學作品在描寫正面人物的革命行動時來上段苦難家史一樣……

主題先行於創作，創作圖解著政策，社會學的理性分析開始代替藝術創作的形象思維，政治傾向性與歷史真實性的結合出現了裂痕……就這樣，曹禺無比真誠的戲劇創作漸漸偏離了戲劇創作規律——他曾經以《雷雨》、《日出》及一系列劇作反復證明了的戲劇創作規律，朝著喪失個性、否定自我的違心、折衷的非藝術方向發展。曹禺因此陷入了難以排解的痛苦之中。一面是既定的政治觀念，一面是自己的生活經歷、情感積累、創作個性等等，經過一番躊躇的左顧右盼、艱辛的左衝右突之後，我們的戲劇大師不得不默然：他終於沒能在兩者之間找到一條較完美的相通之路。既不願步《明朗的天》、《膽劍篇》、《王昭君》之後塵，又難以遵循自己奉為圭臬的戲劇創作規律，最後，他只能痛苦地擱筆。而擱筆之後，他心頭的痛苦依舊又沉又重：「他痛苦自己不能再寫，痛苦自己沒能寫出真正的好東西，而他心裏是有好東西的。就是在醫院裏，寫作的衝動還是一回回地席捲而來……」萬方這樣說。

曹禺的痛苦是智慧的痛苦，是因為對戲劇和生活太清楚太明白而招致的痛苦。後來，由於他在其他方面也採取折衷方式，這痛苦便向更廣更大的領域蔓延。即說人家請他看戲評戲罷，他愛講一些已成定式的客氣話，下來後又為自己不能道出真實想法而痛苦。如果戲至少有一、二點可取，他便說：「不錯，不錯。」如果戲實在連一、二點可取之處都沒有，他便說：「不易，不易。」有一年，某劇團把《雷雨》進行了現代處理，他看後連連誇：「應該改！改得好！」又加上了「編劇好，導演好，舞美好，演員好……」的套話。回到醫院，他卻痛苦不已：「他們把我的蘩漪改成了什麼樣子！……」

探究曹禺的痛苦，於我而言是痛苦的。歲月無情，我不得不承認，那位半個多世紀以前曾經向世界宣稱「我是我自己」、「我是一個不能冷靜的人」、「我性情中的一切都走向極端，要如雷如電地轟轟地燒一場，中間沒有一條折衷的路」，並以一系列具有「雷雨」性格的戲劇人物震驚文壇的二十三歲的天才青年，已經成為了歷史的記憶……

很多年過去了。曹禺已經作古。但每次當我重回北京從曹禺住過的那家醫院經過的時候，我總會想起萬方的話，總會不由自主地停住腳步，用目光去搜尋一間間陽臺。我總覺得有一間陽臺上一定會坐著大家尊敬的、充滿智慧的曹禺大師，身體虛弱、精神並不虛弱的他依然坐在太陽光裏，痛苦地思索……

「外行大師」

初見于是之老師，我還是一個為分配進京而奔波的大學生。那天，我被推薦人領著，穿過人藝大樓那昏暗幽長的走廊，敲開了最盡頭的一間辦公室。是之老師正等著我們。他身穿過時的藍色滌卡中山裝，平靜的臉上有著幾許疲憊與憂慮。詢問過我的學業、專長等情況後，他又談及戶

于是之總是一副憂心忡忡的神情。

口、房子……

惴惴地走出人藝大樓，我心想：這位我最崇敬的藝術大師，怎麼連劇院的戶口、房子都過問呢？

待進入人藝後我才知道，于是之是劇院第一副院長，劇院從大到小、從裏到外的各項工作諸如工資、職稱、出國等等，他都得過問，而領導劇院的他本又沒有經營裕泰茶館的王利發迎四方來客、顯八面玲瓏的精明世故與應付自如，這就難怪平日裏微微發福的他總是一副憂心忡忡、若有所思的神情，步履也緩慢而凝重。他感慨地說：「我現在除了不演戲，什麼都幹。我由一個內行變成了兩個外行，搞行政是外行，久不登臺，演戲也成了外行。唉，得退下來……」

我所在的部門是負責劇院對外宣傳與聯絡的喉舌，與是之老師打交道的機會頗多。平日且不說，凡是碰到什麼特定的日子，總有多位記者想要採訪是之老師，請他談談人藝的發展或者他本人的成長過程什麼的。我們一般是代他擋駕，實在擋不了駕，便將記者們組織起來，安排一次集體採訪。極不情願地被安排的是之老師，或談曹禺、焦菊隱等前輩對人藝的貢獻，或為話劇演員過低的工資待遇呼籲。只要一談自己，他就說自己創造的角色不多、很多角色不成功等等。

也有不少報刊約是之老師寫文章，是之老師由於工作忙等緣故多難以應承，但各種各樣署名「于是之」的文章依然很多。是之老師的文章寫得很漂亮，樸實率真，靈秀天成。他的那本《于是之論表演藝術》不僅是研究表演藝術的珍貴資料，也是學習寫作的極好範文，因而是之老師對擅自署他的名的文章很不滿。有一年是之老師被評為全國勞模，某家出版社出了本名為《群芳譜》的書報告勞模們的先進事跡，其中就有一篇署他的名的文章。是之老師看了，無可奈何地連連搖頭：「不是我寫的！」「不是我的文風！」可我們終於也無從查曉真正的捉刀人是誰。

是之老師不但文章漂亮，書法也漂亮，特別是酒後趁著酒興一揮而就的書法尤其漂亮，筆勢瀟灑，筆力遒勁，因而慕名求字的單位和個人頗多。不過，我印象中他寫字多是為了應酬：國外藝術代表團來訪，他的書法是答謝禮品；人藝出訪，他的書法又成了饋贈禮品。是之老師很無奈，可為了囊中羞澀的人藝他又不得不一再提筆。

當然，是之老師也有很鬆弛的時候，那便是喝酒的時候。那時，他嘴裏咂著酒的餘香，臉上泛著紅光，會無拘無束地道出他的歡欣與苦惱，會講老人藝的很多軼事，會講很多逗樂的笑話，而你也可以和他開開玩笑。就因為這樣，有時，我便買了飯菜與啤酒，去走廊盡頭他的辦公室午餐。一次，我們的話題落到了演員的收入問題上，我指著是之老師身上的衣服——那是件當年夏天街上很流行的真絲砂洗襯衫，說：「是之老師，您也花錢買新潮呀！」平日裏衣著樸素的他，其實很心疼老伴為此花掉的六十元錢。他不無自嘲地嘆道：「新潮！新潮！」那時，他全無平日的疲憊與憂慮，是一位很慈祥、很幽默、很可愛的老頭。

幾年以後，我因故調出人藝，離開了北京。臨行前因不願打擾是之老師，我便簡短地與他通了個電話，算是告別。如今，遠在南方的我不知我最崇敬的藝術大師是不是已不再疲憊與憂慮，是不是已重返他眷戀的舞臺，或者已退居自己可望見西山的家中，讀自己想讀的書、寫自己想寫的文章、幹自己想幹的事兒，嗜酒的他再自斟自飲揮毫潑墨甚至與三五知己一醉方休？

空 臺

夜深了，戲散了，臺空了。年已古稀的老丑角喝醉了酒，手持蠟燭，摸索著推開劇場的大門，推開後臺的大門……捧讀契訶夫的《天鵝之歌》，我常常會循著搖曳的燭光，隨著老丑角濃烈的酒氣、孤獨的身影、晃悠的步履，走進空空的劇場，走上空空的舞臺。

一個空臺是虛渺而美麗誘人的。

演出或排練結束後，觀眾和工作人員散去了，劇場空空的，穹頂顯得更高，空間顯得更廣。各種嘈雜的聲音遠去了，劇場靜靜的，任何輕微的聲響都會化為悠遠的回聲。外面的繁華市聲似乎從很遠的地方傳來，不是破壞而是加重了這裏的寂靜。大部分場燈已經熄滅，只有太平門的燈還亮著，陰影越過一行行的座位向前逼近，彷彿有無形的眼睛留在了那裏。劇場的空氣彌漫著粉墨的芳香，殘留的觀眾的氣息又使這芳香更加宜人。

舞臺上也空曠而昏暗，布景只剩下隱隱的輪廓，道具零零星星地散落，唯有一兩盞工作燈發出昏黃的光，形成一個黯淡的光環或者投下幽長、幽長的陰影……

一個空臺是神奇而富有意味的。

如果說戲劇是一種人生儀式，那麼，舞臺便是這人生儀式賴以舉行的場所。在無數的戲劇搬演之後，空的舞臺也成為了一個積澱著人生意味的空間——它承載了臺上臺下喜與悲、樂與怒的更迭，經歷了幕前幕後成與敗、興與衰的沉浮；它旁觀了戲裏戲外真實與虛假的變幻，見證了人聚人散繁華與冷清的逆轉；它既是假想的戲劇衝突上演的虛擬空間，也是真實的人生境遇發生的生活空間。戲劇總有劇終，人生卻是一場永無劇終的戲劇，當滿的舞臺降下帷幕時，空的舞臺卻已拉開帷幕，為人生戲劇提供著一個具化的空間，一個空曠、靜謐、幽暗、芳香的有著人生意味的空間，一個讓人生之歌自由飛翔的空間——那歌聲從歌者的歌喉裏流出，更從歌者的生命裏流出。

於是，凝望空臺，曹禺苦思冥想，自問「是否人生如夢，是否思索我這一生為什麼活著」；站在空臺，黃宗江浮想聯翩，感慨「明天這臺一定會蘇醒，卻不一定在上面跳著同一班伙伴」。

於是，哈姆雷特在宮廷演出結束後的空臺徘徊，那盡顯善惡忠奸的舞臺上迴盪著他的心聲，滿是他復仇者的憤怒與堅強，也滿是他懦弱者的遲疑與軟弱；妮娜在匆匆的流浪途中重回故鄉尋找舊日的舞臺，那寒風中屹立的空臺是她心靈的燈塔，堅定著她背負生活的十字架、如海鷗般振翅高飛的信心。

於是，在夢想成灰的空臺上，山田細香深情地演繹著她未能得到的角色，也演繹著自己的「W的悲劇」；在身心破碎的空臺上，宋丹平含著淚與血唱著「夜半歌聲」，更唱著自己的人生故事……

契訶夫的老丑角正是空臺上的人生歌

妮娜重回故鄉尋找舊日的舞臺。（北京人藝演出契訶夫《海鷗》劇照）

者之一。他一生都在心裏體會著英雄，卻一生都在舞臺上扮演著小丑，他只能在夜深了、戲散了、臺空了的時候，借酒壯膽，在老提示的幫襯下演出退休前的「封箱戲」，讓心裏的英雄登臺亮相：李爾王、哈姆雷特、奧賽羅。他為英雄和丑角大哭大笑，也為英雄和丑角鼓掌喝彩……老丑角用畢生的歡樂和痛苦在歌，用畢生的希望和失望在歌；他唱出了理想的光彩，唱出了命運的無常；他為低徊的人生戲劇唱出了動人心魄的高潮，為灰暗的人生戲劇唱出了掌聲雷動的落幕；他把幽幽暗暗的舞臺唱得熠熠生輝，把空空蕩蕩的舞臺唱得意蘊盎然，他就如一隻垂死的天鵝，唱出了一曲淒涼又絢麗、無奈又精彩的「天鵝之歌」——他的人生之歌。

夜深了，戲散了，臺空了。此時，也許有人正在空空的舞臺上唱著，那清越的歌聲正在空空的劇場裏飛翔……

別人的城市

無語西風

如今回想起來，我無法說清我對歐洲的嚮往始於何時何事。一堂地理課抑或歷史課，一部小說抑或電影，一首樂曲抑或詩歌，一張印刷的名畫、一尊複製的雕像、一座拍攝的建築抑或一位留學歸來的學子以及他在歐洲的故事，比如說，徐志摩甘心化為康橋的一株水

歐洲，曾經是我遙遠無望的嚮往。

草，戴望舒傾情於塞納河畔的書攤，老舍在東方書院的圖書館寫作《二馬》，傅雷將《約翰·克利斯朵夫》譯出了萊茵河的濤聲，董橋玩味著藏書家的心事，余光中憑著一張地圖駛過西歐……其實，源起如何我已無心知道，我只知道，歐洲是我執著長久的嚮往。

雖然有這樣的嚮往，我卻從未想過有一天這嚮往會變為現實。不用深究中西天壤之別、關隘之隔、山水之遙，我不折不扣地認為我無法走近歐洲。還是在青少年時代，我就用一種絕對的時間概念箝制了我的嚮往，不是一年兩年、十年二十年，而是這一輩子我都將與歐洲無緣。歐洲，遠在天邊的歐洲，是我遙遠無望的嚮往。

然而如今，我卻實實在在來到了歐洲，古老而新潮、繁華而優雅的美麗浪漫的歐洲。可讓我難以置信的是，當我曾經執著長久、遙遠無望的嚮往終於變為現實的時候，我卻並沒有按捺不住的激動——我的心平和如風。我平和地欣賞教堂的尖塔、廣場的鴿子、鄉村的農婦、街頭的藝術家，平和地流連皇宮、博物館、商場、咖啡店，平和地對照中西差異、生發細碎感想，甚至平和地參觀紅燈區、槍枝店。並且，不只是我，還有許許多多我遇見的第一次到歐洲的中國人，不管是來自沿海還是內地，是旅遊還是公幹，也不管是斗字不識的暴發戶還是西裝革履的公務員，是退休的老人還是血氣方剛的後生，都是那樣平和地走在歐洲的大地上，我們曾經無限嚮往的歐洲的大地上。

有一天，我在塞納河畔散步，隔河仰望著雲端中的艾菲爾鐵塔，隱約可見許多中國人夾雜在人流中湧向塔頂。我忽然明白：原來心扉與國門相通，國門不再閉鎖，心扉定然洞開，即如當我們曾經遠在天邊的嚮往出現在伸手可及的地方的時候，我們的情懷定然廣闊開揚、澹定平和，恰如眼前歐洲十月溫潤普照的陽光、無語吹過的西風。

野花塗鴉

儘管從未考證過「塗鴉」的來歷，但每每想起這個詞，我總是極其自然地賦予它多重涵義：出於性情，不關功利，亂而達意，粗而涉趣等等。再聯想到唐代詩人盧仝的「忽來案上翻墨汁，塗抹詩書如老鴉」，我就更認定了我的想像。「塗鴉」於我，乃是一個別致而美麗的字眼。

十月，當我在歐洲大陸上旅行的時候，我終於看到了我想像中的塗鴉。這些塗鴉畫在牆壁上、路基上、橋墩上以及諸如此類可寫可畫的地方，有圖形的、文字的，單色的、彩色的，形單影隻的、綿延成片的……它們獨立瀟脫、率性天真，執拗地傳達著關於社會、生活、藝術特別是愛情的心聲。它們是如此生動可愛，以至於城市、國家乃至整個歐洲都因此而增添了生動可愛。據導遊介紹，塗鴉多是個人特別是職業畫家自發畫的，但塗鴉者從不在國家標誌性建築上留下印跡；而政府也對塗鴉者聽之任之，因為塗鴉其實已成為了一種說話的方式……由此可見，別致而美麗的塗鴉也是離不開環境與人的素質的。

遙想我所生活過的城市的街頭，許多所謂的「塗鴉」原來是不稱其名的。合法張貼的以「五講四美三熱愛」為主題的紅色標語，大概不應歸入塗鴉，且也沒有塗鴉的生動情趣，城市也並未因此而變得文明有序。「治病」、「美容」之類偷偷摸摸張貼的油印品以及「辦證」、「刻章」等等的亂寫亂畫，赤裸甚至是非法的功利性以及美感的缺乏使其成為了城市臉面上的疤痕。在旅遊點，除了

塗鴉是城市風景中的一簇野花。

「到此一遊」之外人們似乎再無二話，而對愛的渴求也因壓抑只寫成了一些扭曲陰暗的語言……看來，貌似從容的塗鴉是不易為的。

遊覽法國的時候我一直帶著香港旅法作家邁克的《採花賊的地圖》。邁克把塗鴉視作花枝招展的巴黎教人「流連忘返的旁騖，愛不釋手的誘惑」之一。的確，當你在歐洲大陸上長途旅行的時候，當你身心疲憊斜倚車窗任憑寂寥憂傷的景色如風逝去的時候，你忽然看到長達百米的「我愛你」的塗鴉如野花般追逐著汽車，你怎能不怦然心動、淚水盈眶？其實，別致而美麗的塗鴉就是城市風景中的一簇野花，並且是一簇更行更遠還生的野花。

藝術高地

不管是遠眺還是近觀，當我面對蒙馬特高地的時候，我都懷著崇仰的心情、帶著崇仰的目光。

蒙馬特高地位於巴黎北郊，是一片海拔一百三十米的石灰岩高地，在地勢低平的巴黎分外顯眼。高地上有一座聖心教堂，羅馬式與拜占庭式相結合的建築風格在巴黎獨樹一幟，高高的白色的大圓頂是高地的標誌與象徵。因此，無論在巴黎的哪個位置，我都必須仰視高地。

當我走近蒙馬特高地時，高地具化為一條條狹窄的街巷和街巷兩旁古舊寧靜的景觀。那些街巷有緩緩的坡度，我沿著街巷慢慢往高處走去，仰慕之情油然而生。我試圖透過臨街老店的窗口尋覓梵谷激情的印記，聞著咖啡屋散發的馨香領略畢卡索靈感的升騰，面對連綿成片的燈紅酒綠感受圖魯茲・勞特累克線條的變幻和色彩的流動，或者從行色匆匆的路人身上讀出一些美麗動人的故事……

面對蒙馬特高地，我深知我就該懷著崇仰的心情、帶著崇仰的目光。一個世紀以來，那些為藝術而活著但又被逐出官方藝術殿堂的人們來到這裏，在露天的畫架前一絲不苟地施展繪畫才華，在煙氣騰騰的咖啡館發表藝術主張，在以磨坊風車為標誌的戲院歌廳尋找生活伴侶。他們平靜而又有聲有色地生活，不但找到了自己的位置，還在這裏留下了生活和藝術的痕跡，而巴黎政府也治市有方，明智開通地使這

勞特累克的《紅磨坊》曾被印成招貼畫貼遍全巴黎。

裏生成為了街頭藝術的大本營、巴黎藝術家的搖籃、令人心嚮往之的渾然天成的藝術高地。

回想數年前在北京，我也曾滿懷崇敬走訪過一個我心中的藝術高地，一個依託高等學府的清雅、皇家園林的美麗、近代歷史的滄桑以及鄉村生活的低廉與自在而形成的聞名遐邇的流浪藝術家村。然而，我看到的只是一個學生模樣的人正背著行囊離開，身後是空寂的藝術家村在蕭瑟的北風中悲泣。後來，有人告訴我，流浪藝術家的聚集帶來了諸多的社會問題，藝術家村因而遭到了清理，從此銷聲匿跡……

如今，我站在生動豐富、悠遠井然的蒙馬特高地，在燦爛明媚的陽光下任憑我的一顆充溢景仰之情的心流連徜徉，為藝術、為自由、為愛情、為生活。只是，只是我不明白，我們對藝術高地的膜拜朝聖，為什麼只能在、只能在這遙遠的異鄉？

別人的後花園

在路易十四暗綠色的塑像前駐足後，穿過青灰石板鋪就的政府大院，從高大威嚴的皇室宮殿的門洞出去，一片異乎尋常的明媚豁然撲面而來，使我眼前心裏陡然一亮：這就是凡爾賽宮的後花園！

後花園採用圖案式布局，正方形的平臺、圓形的水池、長方形的草地、梯形的湖泊由近而遠，兩旁是平行的道路、平行的雕塑和平行的樹木。整個布局對稱平衡，絕對符合幾何學原理，並且經過了嚴格的計算，規整精確。這布局也不乏修飾與變化，例如欄杆、花壇、噴泉等等，但都呈三角形、橢圓形、菱形等等幾何形狀，即便是草色的變化，也是同心圓或者相交圓的設計。看慣了被稱為「情感的後花園」的中國園林，我在這裏領略到一種無所不在、至高無上的科學態度和理性精神。

後花園的整體布局橫平豎直簡潔明快，而每個局部也使我感到舒暢亮麗。每一條道路筆直寬闊，林蔭大道更是氣派不凡。路旁的樹木修剪成齊整的圓柱形，清爽而挺拔。湖泊有寬廣清澈的水域，透過它可以看見另一片藍天白雲。草地面積大、分布廣，翠綠連綿令人心清神朗。由於地勢有緩緩的坡度，站在平臺上後花園的景致一覽無餘，甚至遠處的群山、河流、村莊和教堂也盡收眼底。對照中國園林的幽徑、隱泉、奇石、病樹以及曲徑通幽、山重水複的異趣，我進入了另一種平直而大氣的境界。

後花園中最引人注目的是雕塑。從皇

凡爾賽宮的後花園布局遵循了幾何學原理，體現出一種理性精神。

宮走向後花園，迎面是拉冬那女神幸福地伴著一雙兒女阿波羅和戴安娜；再往前，是阿波羅威風凜凜駕四馬戰車出征；旁邊不遠處，是拉奧孔和兩個兒子在巨蛇的纏繞中痛苦地掙扎……雕塑雖然取自古希臘神話，諸神卻同凡人一般大小，男神有健美的骨骼和肌肉，女神有柔美的曲線和肌膚。諸神還都有凡人的表情，是凡人苦樂情愁的寄予。回想在中國園林裏對著叫美人峰、五老峰的假山拼命想像美人、五老的形象，我感受到一種與寫意風格迥然不同的有力而動人的寫實風格……

曾經，我修過中國園林課，讀過中國園林書，聽過許多「世界掀起中國園林熱」之類的報導以及無數關於中國園林的溢美之詞。所有這一切都告訴我，重情、尚幽、寫意的「勝似天造」的中國園林是世界上最美的後花園。今天我才恍然發現，卻原來，我們的後花園之外還有別人的後花園，別人的後花園裏自有別樣的風景，即如這凡爾賽宮的後花園，處處都與我們的後花園大相徑庭，重理、尚直、寫實，卻「勝在人工」，依然美麗無邊。既如此，我們何妨走出自家後花園高高的圍牆，到別人的後花園去看風景？

在別人的後花園裏，我看到了別樣的風景。

法語情結

我是在尋訪戴安娜玉殞香消的隧道時遇到那位法國女郎的。當時，她正牽著一條帥氣的大黑狗，沿著塞納河款款向我走來。她有白皙的皮膚和金色的短髮，戴著墨鏡，穿考究的便裝西服和牛仔褲，脖子上俏皮地掛著拴狗的皮帶。在巴黎十月午後的陽光下，優雅而新潮的她構成了塞納河畔的一景。我們用法語互致問候，並報對方以友善的微笑。但當我用英語問她那條著名的隧道怎麼走時，她卻變得清高起來，固執地對我說法語，純正典雅的法語……

還是在青少年時代，因了莫里哀的戲劇、盧梭的自傳、雨果的小說以及某位著名演員用法語朗讀菜單使人時而喜不自禁時而淚如雨下的傳奇故事，我知道法語是世界上最美麗的語言之一。記憶最深的是都德的《最後一課》。為了最後一堂法語課，鄉村教師穿上了節日禮服，村裏的人都來到了教室，有的還拿著磨破了邊的識字課本。阿爾薩斯省的天空下男女老少齊誦法語的情景讓我感動不已，我從中品味出法國人濃重的法語情結，領悟到這情結中包含的深厚的民族自尊。我一直記得鄉村教師的那句話：當一個民族淪為奴隸的時候，保住了自己的語言就如同掌握了打開自己牢籠的鑰匙……

然而如今，當我來到現代國際大都市巴黎，親身體會到法國人的法語情結時，我的心卻再也沒有感動。這情結是如此濃重，以至於法國人常以淡漠的態度對待其他語言。而作為國際第一語言的英語，就更面臨著難堪尷尬：法國人，或者不會說英語，更多的則是不

巴黎街頭

屑說英語；外國人，說英語得不到熱情款待，說法語則被視為上賓，當然，如果說法語正宗而不帶口音，那就更好了。從這濃重得化不開的法語情結中，我覺出法國人的歷史與文化優越感，更覺出法國人心中那一分因英法兩國的歷史糾葛而造成的深入骨髓的怨艾以及由現代美國的後來居上而產生的難以釋懷的失落。

在巴黎十月午後的陽光下，在法國女郎的法語聲中，塞納河的景色變得有些黯淡。我想，如果說法國人都德時期的法語情結是打開民族解放牢籠的鑰匙的話，那麼，法國人今天的法語情結便是畫地為牢。這樣的法語情結稱不上是民族自尊，而是一種民族自閉，最終將引致法國民族與時代和世界更遠的疏離。對此，我為驕傲的法國人、為高貴的法語感到遺憾。

而對作為中國人的我來說，也許更為遺憾的是，我們的漢語情結不是太強太濃了，而是在英語、日語、德語包括法語的包圍中，正慢慢地變弱變淡……

煙花教堂街

教堂街有一個完全宗教味的街名。我想像很久以前，教堂街上應該有許多教堂，教堂都是黑色的，很高，尖塔上有十字架或耶穌受難像，淒厲而陰森。整條街道寧靜肅穆，偶爾有穿黑衣的教士或修女走過，使人心清神定、如止水如老槐……

教堂街有一派頗有宗教味的

教堂使人心清神定、如止水如老槐……

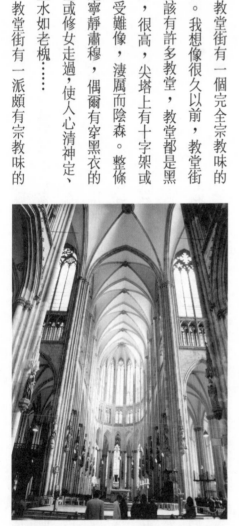

景致。教堂街位於阿姆斯特丹市中心，我是沿運河乘船到達的。街上的樓房都是黑色、灰色或暗紅色的磚房，三層樓高，窄窄的，有尖尖的屋頂，與教堂很相似。樓房與樓房幢幢相連，密匝成片，嚴不透光，讓人感到森嚴抑鬱。街上的亮點是窗戶，每一扇窗戶都是白色的窗框、白色的窗櫺、白色的窗簾和又明又亮的玻璃，纖塵不染似乎昭示著一種清心寡欲、無念無求的宗教境界……

教堂街非常非常聞名，而真正使它聞名的，不是什麼宗教意義，而是以「櫥窗女郎」為特色的色情買賣！

據傳，很早以前，教堂街所處的位置靠近海邊，是水手出海必經之地。出海之前，水手全家都會到教堂祈禱，祈禱水手能平安歸來。一座座教堂應運而生，教堂街由此得名。水手走了，家眷就近在教堂街住下，等待水手歸來。大海無情，總有水手有去無回，等在教堂街的家眷成了寡婦，失去了生活來源。而有幸逃脫死亡命運的其他水手，自然擔當起了照顧寡婦的義務。同情、幫助，感激、回報……這層關係日久便演變成為金錢與性的關係。後來，寡婦發現這是一個很好的謀生手段，就幹起了皮肉營生；而水手經過海上寂寞漫長的航行，也有旺盛的需求。於是，教堂街的生意開始了，並且越做越紅火。長此以往，世界各地的女郎和世界各地的水手紛紛靠岸，無名的教堂街成了著名的紅燈區。

思想教堂街的今昔，我好生感慨。那些曾經最被鼓吹宣揚的事物，其實輕而易舉就可以被棄置於隅；那些曾經最被禁錮壓抑的事物，說不定反倒會大行其道乃至氾濫成災。生活有時就是如此不可思議，不知不覺中就發生了陡轉，走向了自己的反面。想到此，我禁不住唏噓長嘆。

當我走在夜深人不靜的教堂街的時候，我忘了教堂街的名字，也感受不到宗教氣息。教堂街的窗口雪亮通透，我看不見修女臨窗研修，我只看見煙花女子斜倚窗欄，擺出取悅於人的姿勢，露出取悅於人的笑。這條街，是一條煙花教堂街。

平民廣場

布魯塞爾市政廣場位於舊區中心，面積不大，四周是一幢幢高大古老的十七世紀建築，與我印象中的廣場不同，給我以逼仄與昏暗之感。但當我在廣場上徜徉的時候，我的心卻是豁朗的。

雖說以「市政」為名，除了市政廳外，廣場上更多的是銀行、珠寶店、酒店、商店等等。這些老店歷史悠久，客人總是絡繹不絕。廣場一角有露天咖啡館，人人都是一杯在手，悠閑品嘗咖啡的馨香和廣場景色的繽紛。廣場周圍有許多小街，小街上有許多小店，賣別致又實用的旅遊用品和生活用品。其中有小店專賣巧克力，那些巧克力味道上乘，而且有不同的形狀和顏色，既可口又可愛，尤其令女人和孩子愛不釋口……走在市政廣場，聞著咖啡和巧克力的誘人味道，我似乎聞到了流淌經年的濃濃的市井生活氣息。

在小街街角，我找到了撒尿小童的塑像。撒尿小童用一泡尿撲滅了侵略者點燃的火苗，拯救了首都，被稱為「比利時第一公民」。撒尿小童鬈髮，胖嘟嘟的，光著身子在撒尿，讓人忍不住想逗弄一番。據說，各國元首來訪，都會給撒尿小童送衣裳，中國送的是小肚兜和少先隊隊服。撒尿小童現有三百多套衣裳，布魯塞爾人會根據節日和外事安排給他穿衣，就像打扮孩子迎接節日的到來或者友人的探訪一樣……一個與國家、英雄等等相關的恢宏莊重的題材，就這樣以平易親和的面貌出現，使市政廣場塗上了溫潤的市民色彩，與尋常巷陌無異。

入夜，廣場匯集了各種自娛娛人的民間活動，是一片歡樂的海洋。小街上有法式海鮮夜市，法式大餐走出宮廷駐足街邊，既不失高貴優雅又增添了襲人的世俗情味。我選擇了一間義大利人開的館子，年輕伙計帶著笑、哼著歌、跑跑顛顛地服務，還不時表演上菜斟酒的絕活。那種快樂是從心底流出，那種對平凡職業的熱愛、對世俗生活的滿足令人心醉。席間，有中年婦人到桌前賣花，同行的小伙子給我和在座的女士每人送了一枝玫瑰，而鄰桌，一對戀人正旁若無人地擁吻，不遠處隱約可見市政廳幽暗的尖頂……

這就是布魯塞爾市政廣場：充滿了平民生活的實在、豐富、悠遠、美麗，卻又恰如其分地展現了政治的祥和、社會的清明和生活的富足等等市政意義。政與民通，民、政相聯。於我而言，市政廣場就應該像這樣，承載平民生活、洋溢平民情懷，是一個平民廣場。

雨後的陽光下，我曾看見幼兒園阿姨帶著小朋友整齊穿過布魯塞爾市政廣場，無拘無束地叫喊著什麼，童稚的聲音迴盪在廣場上空，引領我的心向高遠處飛去——那麼，我們的市政廣場是不是也是平民廣場呢？

那種對世俗生活的滿足令人心醉……

彩繪玻璃的故事

當我面對科隆教堂的時候，陰鬱與沉重充滿了我的心：灰黑的磚石竹節般層疊而上，鋒利的尖塔威嚴地刺向天空，一座座浮雕講述著遠古的傳說，密匝的裝飾使人聯想到繁瑣的教義。走進幽深的門洞，依然是無邊的灰暗，陳舊的講壇、搖曳的燭火、低沉的管風琴聲和一臉肅穆的人們。然而，當我抬頭仰望時，我卻看見了一片光明燦爛——那是教堂的彩繪玻璃。

聖潔慈祥的聖母，身著紅色的袍子、藍色的披風，頭上是金色的光環，面頰泛著柔和的光芒，懷裏抱著白白胖胖的聖子，而身後的人物或立或跪、形態各異，或紅或綠、色彩相殊。這些鑲嵌在教堂窗戶上的彩繪玻璃人物眾多場面龐大，線條細膩色彩斑斕，在陽光的照射下通透明亮，在陰森的教堂中就似來自天國的光，劃破黑暗普照著芸芸眾生。科隆教堂為典型的哥德式建築，建於十三世紀，長一百四十四米，高一百五十七米，內有五千七百個座位，在當時是全世界最高的建築、歐洲最著名的教堂。如此森嚴的教堂卻有如此耀眼的彩繪玻璃，實在令我驚詫。

然而更令我驚詫的是，據介紹，二戰後期盟軍大舉進攻德國時，把科隆的大部分地區夷為了平地，卻未對教堂實施轟炸；而科隆的平民為了避免轟炸的震盪損壞彩繪玻璃，把玻璃一塊塊卸下，編上號包好埋藏，戰爭結束後再取出重新安裝！看來，即使是在戰爭中，交戰雙方都不得不對人類文明的傑作俯首致意，優禮有加……

彩繪玻璃在陽光的照射下通透明亮。

可回國後，我卻在報上讀到一篇介紹科隆教堂的文章，說盟軍之所以未轟炸教堂，乃是要用教堂的尖塔作為轟炸機判斷方位的指針，並且彩繪玻璃有很大的反光作用，可以為轟炸機提供照明！文章還意味深長地寫道：對此，言者聽者的嘴角都露出了一絲輕蔑的笑……

我忽然感覺到悲哀。其實，二戰距現在只有半個多世紀，在人類歷史的長河中，並不是一個遙遠的時期。可當我們回望二戰的時候，我們卻已是雲裏霧裏，莫衷一是。而尤其讓我悲哀的是，當我們試圖還原整個人類歷史的本來面目的時候，我們是不是也面對那麼多的虛妄的故事，並由此生發出那麼多的虛妄的感慨呢？

歲月流逝，故事紛紜。唯有科隆教堂巍然屹立，唯有彩繪玻璃無言映照歷史，即如教堂旁的萊茵河，靜靜地緩緩地流淌，波光粼粼，浪花不興。

新詠〈長干行〉

中國人歷來重情，而其中尤為珍重故鄉情、同鄉情。在門戶開放的時代，如果把中國視作中國人共同的故鄉，那麼，所有漂流海外的中國人豈不都成了同鄉？而在中國人匯聚的浪漫多情的歐洲，中國人豈不就更易領略到濃濃的故鄉情、同鄉情？

然而，我所經歷的情形卻恰恰相反。

我遇見的常住歐洲的中國人，可以粗分為兩類：來自港臺或來自內地。來自港臺的一類多在歐美接受過高等教育，在歐洲有良好的職業和穩定的收入。儘管中國的文化背景使他們不如歐洲人來得浪漫，但基於文化教養、個人素質、職業要求特別是從小培養的平等意識，他們都能非常友善、客氣地對待同胞。我在遊覽阿姆斯特丹運河、巴黎羅浮宮時見到的兩位導遊即屬此類。

來自內地的中國人大致又分兩種。一種是自己當老闆，其中又以餐館老闆為多。這種人一般受教育程度不高，但吃苦耐勞，在歐洲一心一意掙錢。同胞的到來提供了難得的掙錢機會，他們高興還來不及呢，利益驅動之下自然是熱情周到。像巴黎餐館的溫州女老闆，「擺開八仙桌，招待十六方」的架式真的讓我感動；盧森堡餐館的潮汕老闆，熱情地推銷飯菜的同時還捎帶著推銷全套歐盟硬幣。

來自內地的中國人的另一種是給別人打工。這種人對內地的政治、經濟有較深瞭解，特別對申請出國的千辛萬苦有切身感受，且又體會了歐洲的先進與發達，因而自我感覺良好，在同胞面前有不加掩飾的優越感。同時，

法國塞納河

給別人打工又使他們工作熱情不高，從國內帶來的工作作風、服務態度雖然在歐洲人面前不得不收斂，但卻是可以用來對付同胞的。如在阿姆斯特丹的一家寶石店，中國雇員接待中國客人時，機械的語調和無法克制的不耐煩情緒都與國內商店的服務員無異；在巴黎的一家香水店，中國客人多問幾句，中國女雇員立刻失去了耐性，自顧自對鏡化妝或三三兩兩聊天起來……

「君家何處住？妾住在橫塘。停船暫借問，或恐是同鄉。」唐代崔顥的〈長干行〉一直被吟詠傳唱，使人動情於他鄉遇同鄉的美麗溫馨。而今在歐洲，如果你也想體驗這美麗溫馨，你定然失望無疑。當然，歐洲畢竟是歐洲，到處都有美景美情在等待著你。比如說泛舟塞納河、萊茵河或者泰晤士河的時候，那水、那風、那人都會讓你感受到浪漫多情。只是請記住，那在橋上岸邊對你揮手微笑、脫帽致敬或者吹口哨送飛吻的，一定不是來自你中國故鄉的中國同鄉。

1664

當我見到那位導遊的時候，我想起了一個詞：流浪。

導遊有三十多歲，有蒙古血統且生於長於內蒙，彷彿天性就適合流浪；他曾供職於深圳的旅行社，後被派駐歐洲的一家旅遊集團，有不菲的收入；他沒有成家，來去自由、無牽無掛；他在中美接受過高等教育，會英、德、法三國語言；他對歷史文化有濃厚的興趣和極好的感悟力，現正在巴黎大學攻讀法國史博士學位……在我看來，流浪的人就應該是這樣，優裕而且高素質。

在與導遊同遊歐洲的行程中，我處處看到導遊流浪生活的印記。他娓娓而談歐洲的歷史文化，我從中領略到他閱讀的功力；他推薦無名卻別致有趣的去處，我想像他平時的尋訪勤勉而用心；在常常光顧的中國餐館，他與老闆和老闆娘拉家常、說笑話，那情景讓我感受到他鄉遇同鄉的溫馨；他介紹有品味的咖啡館或者酒吧，他愛喝一種叫1664的法國啤酒，喝1664的時候他很健談，談經歷、談思想、談德國女友克里斯蒂娜，也談1664。他說這種酒味道柔和，雖是近年推出，卻以法國最初釀造啤酒的年份命名，很能體現法國人好以傳統標榜的秉性……在我看來，流浪就應該是這樣，閑在而且頗文化。

總之，導遊印證了我關於流浪的想像，那就是：有經濟為基礎，有山水為背景，有歷史文化為底蘊，再有小小的憂鬱和寂寞為點綴，流浪美麗而浪漫。

然而有一日，在深圳街頭的大排檔，當我問起導遊流浪的感受時，他卻用茫然的眼神看著夜

歐洲小鎮

空，表情淡漠，半天才用低沉的聲音說：其實挺麻木挺無奈的，歐洲不屬於我，國內又越來越陌生，飄了十幾年了，真的很想安定，可事實上根本就停不下來……

我心裏忽然有種尖銳的痛楚。直到那一瞬間，我才知道我對流浪的想像都是表面的。其實，導遊那茫然的眼神、淡漠的表情和低沉的聲音才是流浪的人的真實形態，導遊傳達的那種孤獨、漂泊以及擺脫不掉的命運感才是流浪的真實意義，而這種與生命同構的特徵才是流浪動人心弦的力量，是流浪美麗而浪漫的根本所在。除此之外，那些經濟、山水、歷史文化等等的因素，都是依附在流浪的生命意義之上，並因此而使流浪愈顯美麗而浪漫。

當我在陽光下想像流浪的時候，導遊正在歐洲繼續他的流浪。不知此時的他是不是在夜深人靜的某個小鎮，在某個昏暗的小酒吧，喝1664，聽感傷的音樂，想克里斯蒂娜……柔和的1664滋潤著流浪的心，流浪的心很苦很澀。

穿行城市的日子

初到人藝

畢業能進人藝，是我那本薄薄的平淡的故事集中一個精彩的片段。我一直認為這是上帝對我的格外青睞。

然而，步入人藝那陳舊莊嚴的大樓，撲面而來的灰暗與沉寂給了我第一次失望。初到人藝，翻翻有關的書，讀讀過期的《人藝之友報》，幹些觀眾調查、整理簡報、寫寫「報屁股」文章之類的工作，而後到了《智者千慮必有一失》劇組作場記。結束了談設計、劇本分析、對詞等案頭工作，便進了排練廳。劇組在終日不見陽光的排練廳裏一泡四個月，成天與不斷重複的臺詞、手勢、眼神打交道，我雖然工作還是認真幹，可的確心生厭煩，覺出排戲的索然無味來。倒是與劇組的青年演員和同學們越處越熟，幾至於親密無間的地步。

日子終於捱到了上臺合成。那天是第一次全劇化妝連排。就在那天，一種全新的感覺在我心中湧起：設計師們精心設計的布景、道具、服裝、燈光、音響代替了臨時代用品，陌生而炫目；平時斷斷續續、鬆鬆散散的戲現在卻一氣呵成、貫通流暢；儘管演員的表演不盡完美，可他們在臺上活動著，便再也不是臺下的我所熟悉的那個他或她了，他們在體驗著另一種生活、創造著另一個世界。排練廳裏我觸手可及、爛熟於心的戲已離開我，成為我須遠眺的一個無法企及的世界，這一世界是如此輝煌壯觀，以至於幕後的厭煩與艱辛頃刻化為烏有。

而我也終將忍受平凡生活中的寂寞與艱辛，
去等待我生命中最輝煌最壯觀的那一刻。

初到人藝，我日日目睹著這個藝術團體為瑣碎的事務性工作所包圍，也目睹了演職員們的種種艱辛：患失眠症的演員呂齊安眠藥藥性還沒有過就得到劇院排戲；導演林兆華在愛人動手術時卻在劇場為迎接當晚的首批觀眾忙碌；有的青年夫婦晚上排練演出不得不把年幼的孩子放在後臺……然而，當一臺戲終於呈現在舞臺上的時候，這一切都顯得微不足道了。在每臺新戲彩排那天的黃昏，我在劇院昏暗的樓道裏走著，我覺著每個工作人員疲憊的臉上都流露出歡欣，我感覺到一股無聲的激情在大樓裏湧動、流淌，我企盼已久的震撼人心的藝術氣息終於在人藝的大樓裏散發出來。

我遂憶起余秋雨先生對我說過的一句話：戲劇是一種人生儀式。是啊，人生縱有種種寂寞與無奈，縱有種種不如意與艱辛，但在戲劇世界裏人卻永遠在編織著瑰麗人生。戲劇是人的理想的外化，是人的情感的結晶，是人對至善至美的追求、對自己心靈的頂禮膜拜。人藝的人們甘願忍受一切寂寞、無奈、不如意與艱辛，用全部的身心去澆鑄絢麗的戲劇世界，去等待舞臺上那最輝煌壯觀的一刻。就在那一刻，人藝陳舊的大樓在我眼裏幻化為了藝術殿堂的化身。

而我也終將忍受平凡生活中的寂寞與艱辛，去等待我生命中最輝煌最壯觀的那一刻。

一路風景

大學畢業前夕跑分配的時候，我在心中勾勒著未來工作單位的輪廓：名氣大，待遇好，交際面廣，休假機會多，還有，實行「自由作業」工作制，上下班來去自由……對我這諸多的理想，同學們嗤之以鼻，說現在工作不好找你要求那麼高簡直是白日做夢。多次碰壁之後，我開始知趣地刪節我的理想，但「自由作業」這一條我始終不忍割愛。

畢業後，我進入北京的文藝單位，優哉游哉地過了幾年不坐班的「自由作業」生活。後來，我調往深圳工作，遇到的首要問題就是八小時工作制，我每天須按時乘班車上下班。我惴惴的，難道我豐潤的生命每天將以小小的車廂為始終，難道我人生的風景將固定在這由宿舍到公司的單調的直線上？我以為這份工作只不過是我生活中一個短暫的過渡而已。

然而，我沒想到，就是在班車上我領略到了人生的另一風景。

每天，我都要乘班車橫穿特區關外的一座新城。城裏，新樓舊樓間是一條狹窄的馬路，形形色色的人、大大小小的車每天沿著馬路聚而散、散而聚。他們懷著各自的欲望，演著各自的故事，形成了一幅色彩斑斕的人生圖畫：低矮舊屋上的「洗車」、「補胎」招牌與高樓大廈上的「股份公司」、「世界廣場」廣告交相輝映，載貨的貨櫃車與載客的中巴為了各自的目的急躁前行互不相讓，一張撕破的瓦楞紙寫上「有貨往東莞」就是對生意合作者的呼喚，各色車輛打著各色廣告匯成一條流動的廣告之河在新城裏流淌……這座新城也許給人以新舊交錯、蕪雜無序的感覺，而我卻從中感受到一股湧動的欲望，一種蓬勃的生命力，一腔為生存而奮鬥的人生意志。

人是最美的風景。坐名車的大款富貴氣逼人，白領一族幹練精明，先富起來的本地村民依然克勤克儉地經營著一爿雜貨店，初來乍到的內地打工者提著旅行袋滿臉茫然地站在站牌下……我最愛看的是工廠宿舍走廊裏、窗戶外晾著的花花綠綠的衣服，那花花綠綠中出現頻率最高的一定是打工妹的工作服。再一看，便有成群結隊的穿著這種工作服的打工妹往老舊的工廠湧去。那時，我總在想，就是在這清一色廉價的工作服裏包藏著怎樣的欲望與希望，就是在這老舊的廠房裏有多少年輕的生命正在為改變命運而在流水線上不停地奮鬥！每每這時，我總要為人行天橋上的一條廣告所感動：飛黃騰達往西部，置業安家在新城。這是對這個零亂而富有生命力的新城的最好注釋。

有時，我覺得我已熟悉了這一路上的所有風景，然而有一天，忽然一座高樓剪綵了，一條道路通車了，我居然想不起它們是什麼時候修建的！有時，我故意去探求這些風景的細部，例如，努力追尋一座高樓背後的景致，或者沿著一條小路把目光投向深遠，甚至琢磨一

打工妹是深圳的一道獨特風景。

家小店的陳設、追蹤一個打工妹的背影……而每次，我都會發現我不曾發現的新景致，獲得我從未領略過的新感受。

常常，我是伴著班車上的音樂觀看窗外變幻的一切的。或喜或憂的音樂中，截取窗外任何一個片段都能形成美麗的風景，這風景便構成我遐想的天地。過去、現在、未來，得失、成敗、苦樂，都伴著我喜的微笑、苦的淚水，在這個天地裏進行著重組、昇華。於是，工作的創意、文章的構思、生活的感悟也就在這一片絢麗的底色上繪就了。也就是在班車上，有一天，為某一風景所觸動，我突然覺得，人的所謂理想，其實不少是畫地為牢。當有一天，人放棄這些理想的時候，他也許會發現理想之外其實還有別樣的天地。於我而言，做學問、搞藝術甚至「自由作業」，都曾是我難以割捨的理想。然而，當我忍痛放棄這些理想的時候，我開始了別樣的生活，也發現了別樣的風景，單是在班車上就讓我一路風景看了個夠！

也許，我會每天坐班車一路風景看下去。也許有一天，我會換個活法，去別處看看風景。

遠方不遠

一個夜雨襲窗的秋夜。一個適宜讀遠行詩的秋夜。我在燈下翻讀一本詩集：《遠方不遠》。

品讀著「少年背著夢要去遠足」的詩句，我似乎看見了我的兩位朋友從驪山古城西安走出，背著夢走向遠方……

兩位朋友是親兄弟。我是在上海的大學裏認識弟的。當時，弟正在國際政治系做著外交官夢。他學習刻苦，而且著意培養自己的外交官素質，參加文化活動，讀文學書籍，偶爾寫詩，為了看頭一輪的新片，他可以橫穿上海市。他也以寬容的心態認可了上海人的生活方式，形成了質樸、義氣與精明、理性兼而有之的獨特性格。然而，畢業後他卻沒能跨進外交部的大門。北京國營企業、東莞外資工廠、西安合資公司……一路坎坷地走下去，他的外交官夢終於隨風而逝，可他卻並無憾意：我在企業學到了很多知識，我走入了另一片天地！

第一次聽弟談及兄，是在上海到北京的火車上。真正認識兄，卻是在深圳。用兄自己的話說，他「當年知青插隊下鄉趕的是末班車，恢復高考後讀的是七七級第一屆，如今趕南海潮已在正午」。兄曾立志獻身工科，為西安的地質事業工作了十年。在走入科研所的課題和煤礦深深的井巷時，他又做起了文學夢。最終，他走過了「為了光明、光明／一輩輩人大義凜然地／置身於黑暗」的地質事業，經過奮鬥，找到了屬於自己的文學天地。在這方天地裏，他心中充滿了實現自我價值的驕傲。

如今，不再做外交官夢的弟在北京一家著名的外企負責人事工作，成天研究著人力資源的配置，研究著如何「用錢似地用人」。我愛聽他以閱盡千帆的沉穩，談上海人的價值觀，談對北京文化的迷戀，談處於世界經濟前沿的那家公司，談他實業興國的抱負。我欣慰於仍能從他的言談舉止中感受到曾經令我豔羨的預備外交官的風度氣質。

已走出煤礦井道的兄現在處於中國經濟前沿的深圳，主持著一份頗受關注的青年雜誌。我愛聽他用歷盡滄桑後的激情談對深圳的熱愛，談文學理想、辦刊宗旨。我也愛讀那本洋溢著理想主義的刊物，愛讀他的「人生像下棋，執子即執掌命運」的人生寓言。在躁動疲憊的移民城市，我也頗能體味他「給暗夜行走的朋友一豆燈火的安慰，給負笈他鄉的親人天下如家的溫馨，給愛透一生的情侶巴山夜雨的迷戀，給同修此生的世人天涯此時的問候」的苦心……

循著那些遠行詩的指點，我的思緒飄得很遠、很遠。我想，一個城市和一個城市相距多遠？一條道路和一條道路相距多遠？我們最初的目的地和最終的到達地相距多遠？外交官和企業人事經理、地質工作者和文學雜誌編輯相距多遠？而遠方又有多遠？

很久以來，我一直頗欣賞那兩位走出古城西安的朋友——楊森公司人事部經理鄧康明和《深圳青年》編輯部主任鄧康延，欣賞他們執著而不拘泥的開放心態。他們背著夢走向遠方，卻從未因為有了夢而畫地為牢。走著走著，經意或不經意間，夢中的遠方更遠了，過去從未入夢的更遠的遠方卻近了。不管是在文化古都北京投身企業還是在商業新城深圳獻身文學，不管是研究「用錢似地用人」還是弘揚「執子即執掌命運」，他們都熱愛已到達的遠方一如往日夢中的遠方，因為他們相信，所有的遠方都同樣輝煌壯麗，所有的遠方都能成就夢想，所有的遠方都是相通的。

在淅瀝的雨聲中，我終於讀懂了鄧康延《遠方不遠》的詩句：「原路在一個雨夜跑丟了／因為路太多了／他卻發現了從未領略過的人生風景／其實，其實／只在一步之間／遠方不遠。」

深圳青年的一種姿勢

關於禪

很久以來，我覺得自己與禪無緣。

在上海讀書的時候，我曾一度陷於生病、休學等等的多重困境。十七歲的我頗有歷盡滄桑、看破紅塵的感覺，由此生發出對禪門青燈梵唄生活、清心寡欲境界的嚮往。於是，我託同學借了幾本佛學著作，在白色的病房中閱讀起來，還躺在病床上作了不少筆記。後來康復復學，在遠離繁華市區的學府裏，我仍執著地研習佛禪，選修了陳允吉教授的佛學研究課，畢業論文也專請陳教授指導，論述儒、佛、道三教對柳宗元山水詩文的影響……大概我是一個太入世、有太多欲望的人，三年多的研讀除了使我對佛學禪理有了膚淺的瞭解外，我並未獲得佛禪之真諦，而我關於禪的最清晰的記憶，乃是《景德傳燈錄》中的禪宗名句：「青青翠竹，盡是法身，郁郁黃花，無非般若。」我覺得這句禪語實在很美且合乎韻轍。

在北京的劇院工作的時候，因為事業、生活諸事的緣故，我也曾煩躁苦惱。那時，我的一位德高望重的老師，雖是一位大紅大紫的著名演員，可人生歷程中卻寫滿了艱辛。於是，他便到佛學禪理中尋找慰藉，而且以此來勸解開導我。聽不見王府井大街的喧囂市聲，在劇院昏暗的大樓裏，我常聽他用最動聽的聲音、最投入的感情講佛說禪，講「四大無主，五蘊皆空」之人生本義，講「本來無一物，何處惹塵埃」之佛性空淨，講「自心自悟，無心外求」之成佛途徑。然而，老師的講佛說禪並未使我擺脫憂鬱，透過他的故作灑脫，我也能感受到他切膚的痛

街頭的禪風

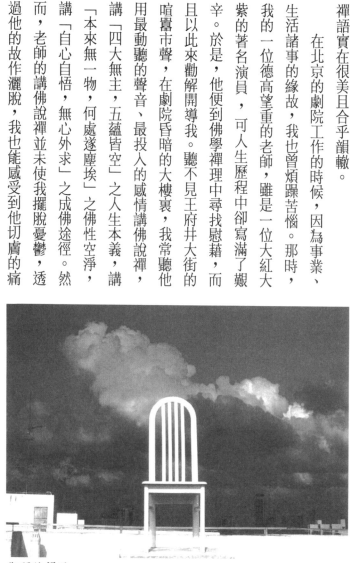

苦。最終，皈依佛門的他選擇在一個陌生的地方孑然遠行，給北京文藝圈空留下「一代名優」的喟嘆、「人生是苦」的感慨。

調來深圳後在一家大公司任秘書，每天瑣碎充實地忙碌，即使有失落和苦惱，我也力求通過改變環境和完善自我來尋求解脫，再也無心向佛問禪。儘管有南懷瑾《禪宗與道家》和張中行《禪外說禪》置於案頭，我也只是視之為人文知識和哲學思想類的讀物偶爾翻閱。既缺乏佛性又不信禪，我已認定，我是與禪無緣了。

然而有一天，一位初識之友卻把我和禪連在了一起。

事情源起於那年季春的一個夜晚，幾位新朋舊友在繁雜熱鬧的街邊排檔進餐。席間，有人知我由上海高校而北京劇院而深圳企業的經歷後頗為好奇，問：「那你這就算是下海了吧？」大概覺得此話不甚準確或難於回答，我隨口問道：「什麼是海？」後來，我一如往常派發了自己設計的名片，名片上如實寫著：「一介秘書」……數月以後，我在《街道》上讀到當時在座的一位初識之友的文章：〈街頭的禪風〉。他在記敘了那次街邊晚餐後，寫道：「我頓覺禪風拂面。」

我驚詫了。我悟到了禪？既無教授誨導亦無名師指點、既沒有求學時的執著也少了從藝時的悟性的現在的我，真的悟到了禪？真的在既未讀經亦未聽禪的時候，在既非上海學術機構亦非北京藝術殿堂的企業，在中國商品經濟最發達而人文氣息最稀薄、義務勞動越來越少而股票股民越來越多的深圳悟到了禪？

我又想起了在上海高校的教室裏，陳允吉教授用江浙口音極濃的普通話誦讀：「青青翠竹，盡是法身，郁郁黃花，無非般若。」……

無土漂流

故土觀念在我心中是越來越淡了。

生我養我的故土是閉塞的四川盆地。從童年開始，我便有一種強烈的走出四川盆地的欲望。在重慶的靄靄濃霧裏，我猜想著外灘的沙是不是很細很軟，金水橋的水是不是金光閃閃；在我穿著姐姐穿過的舊衣裙爬牆上樹玩泥捏土時，我猜想著上海的小女孩是不是正穿著漂亮的粉紅色「的確涼」襯衫，北京的小朋友是不是正在迎接國賓的行列裏蹦蹦跳跳揮舞鮮花，有節奏地高喊「歡迎，歡迎，熱烈歡迎」。當我十六歲離開重慶外出求學時，我在心裏認定：我已永遠地走出了四川盆地，以後再回來，我只是探親而不是回家，我只是過客而不是歸人。那一天，當列車緩緩駛出站臺，層層疊疊的山城慢慢退遠成為我窗外越來越淡的背景時，我知道，儘管故土的一切已融入我的血液，但作為我人生里程的起點站，它已從我的歲月中漸漸遠去了。

外灘原來沒有沙，金水橋的水也只是死水一潭，「的確涼」早就落伍於時代了，「歡迎，歡迎，熱烈歡迎」的整齊童音也漸成絕響。然而很多年過去了，當初那種強烈的逃離故土的欲望卻一直如夢魘似地糾纏著我，使我從一個城市走到另一個城市，進行著走入—走出的循環，上海、北京、深圳……。我說不清自己在逃避什麼，生活的貧困？環境的沉悶？還是精神的委頓？我也說不清自己在尋找什麼，生活的舒適？事業的成功？開闊的眼界？自我的價值？精神的證明？抑或一次又一次的新感受？每一個城市都使我在愛過之後卻又心生厭倦，在決意停留之後卻又逃將而去。我走過的城市終於成為我駐足的驛站而不是我身心皈依的家園，我經過的一切構成我生命的底色卻無法繪就我人生最絢麗的畫卷。腳在哪裏，我的故土就在哪裏。

依照老一輩人的說法，我的老家江西應是我的故土。從重慶到上海，從北京到深圳，東行西去、南來北往中我多次途經江西。然而，對那片我從未生活過的、父親也很少提及的貧瘠的紅土地，我有著一種天然的疏遠和隔膜。我從不願在江西停留，最多只是在鷹潭、上饒或別的什麼站走出列車下到站臺上而已。站在我的先輩曾經生活過的土地上，望那一輪曾經照耀過我的先輩的驕陽明月，想像著當年十六歲的父親也許正是從同一個車站走出江西，我的心裏居然生不出任何感慨。故土從不曾是我心頭割捨不去的隱痛、揮之不散的憂怨、排解不開的情結，它只是一個地名，地圖上一個幾乎不帶任何色彩的冷冷的地名而已。

我與故土的關係是越來越淡了。我為此常深深自責。

其實，不僅僅是我，我們這一代人與故土的關係已是越來越淡了。而這，也許就注定了我們漂流的命運。

從農村到縣鎮，從小城到都市，從內地到沿海，甚至從海內到海外，故土在我

層層疊疊的山城慢慢退遠成為我生活中越來越淡的背景。

們的漂流中遠去了。望著遠去的故土，我們時常是臉上寫滿堅毅，內心懷著驕傲，為了那一分「走出去，走出去」的抗爭情懷、那一路永不停息的尋夢心跡、那一腔不問前路的青春豪邁。只是在某些個夜深人靜、月白風清的時候，我們會忽然想起媽媽的微笑、爸爸的叮嚀、一個美麗的鄰家女孩、一首諧趣的兒歌童謠和老屋門前一棵鬱鬱蔥蔥的法國梧桐，會忽然聞到故土泥土的芳香、聽到故土空氣的顫動，我們淚在臉上，痛在心裏

——漂流的途中，我們真的再也沒有故土了嗎？

在這世紀之交的風中路上，我們正進行著一場無土漂流。

人生語錄

九月的一天，我病了。

白天，大量的針劑和藥丸使我昏昏睡去，到了晚上，我躺在床上怎麼都不能入睡。周圍濃重的黑暗使我害怕面對自己，窗外汽車疾馳而去的聲音向我訴說著夜行旅人的艱辛，被褥下的身軀薄成了一張紙，汗水浸透過的皮膚涼涼的有點粘手……我孤立無助地躺著，各種思緒紛至沓來。我想起我走過的歲月、看過的風景，想起我嘗過的得失、品過的苦樂，想起我經過的事、遇過的人、特別是聽過讀過的一些話以及這些話對我人生的影響。我忽然產生了一個念頭，就是要寫一寫我人生中的這些話，這些由相識或不相識、相知或不相知的人說過寫過的普通或不普通、著名或不著名的話，這些曾經影響並將繼續影響我的為人、謀事、作文等等的話乃至話外的故事。藉此，我既可以總結我的過去、啟迪我的將來，更可以表達我對那些過去有意或無意、直接或間接地幫助過我的人的感激，表達我對那些今天有影或無蹤、活著或死去的人的牽掛，而這種感激本就是對人生的感激，這種牽掛本就是對人生的牽掛。

這樣，便有了這篇〈人生語錄〉。

「讓結尾亮起來！」

這是一句關於寫作的話。說這句話的，是我大學的同班同學。

我是八十年代初期進入大學的。當時，中國文學界正流行一種叫「淡化」的思潮，

表面的平淡要有內在的不平淡做支撐。

而我也不可抗拒地被這種思潮所席捲，把「淡化」作為了作文的最高準則，並以每一篇文章身體力行。一次，我寫了一篇關於大學生活的文章，從形式到內容、從題目到正文、從開頭到結尾都是平淡的，平淡的結構、平淡的文字、平淡的語氣等等，力圖於平淡中還原生動豐富的大學生活形貌。寫完之後，我自覺已完全做到了「淡化」，應該是篇好文章。可左讀右讀，我卻總覺得少了些什麼。是什麼呢？

當時，我住在校園外的東部宿舍區。東部宿舍區新修了學生食堂，食堂尚未啟用，學生們便在那裏自修。那天，自修休息的時候，我的那位同班同學走到我的桌邊，讀起了我的文章。讀完之後，他沉默了好久，後來才慢慢悠悠地說：「『淡化』並不等於平淡，表面的平淡要有內在的不平淡做支撐，而你的文章則是徹底的平淡。要使整篇文章不平淡，讓結尾亮起來！」

「讓結尾亮起來！」說得多好，而這不正是我的文章所缺少的嗎？我立即依此對結尾進行了調整，一篇平淡的文章果然生色不少。也是從那以後，文章的結尾成為了我寫作中頗為用心用力的部分。

說這句話的我的同班同學，大學三年級時因故離開學校。後來我在隔壁的學生宿舍見過他一次，再後來聽說他在某大賓館供職，再後來就沒有他的消息了。

「生活中還有許多值得我們愛的，太多了……」

大學二年級，我生了場大病，住進了學校後面的醫院。接踵而來的便是諸多的不如意事。這個時期是我人生的低潮時期。這期間，我與兩個人保持著頻繁的通信，一個是我的父親，另一個是北京大學的一位女學生，她的名字叫麗坤。

說來，麗坤該是我的筆友，且是我的第一位筆友。高中時代，我所在的地區舉行了一次學生作文比賽，我以一篇〈繽紛的落葉〉入圍，麗坤也得了獎。讀到我的作文後，麗坤給我寫了封信，主要是談寫作的心得等等。這樣，我們便開始了通信。後來，她入讀北大，我則進了江南的一所大學。我們依然保持著通信，談學習，談生活，談城市，更談善感易變的心情。麗坤的信寫得纖細感傷、靈動美麗，第一次使我感受到日常生活中文字的美感。因此，收她的信、讀她的信成了我大學生活的重要內容之一。

在我生病住院期間，麗坤的信一直源源不斷，鼓勵我戰勝疾病的信心，排解我困居病院的孤獨，撫慰我內心深處的傷痛。非常戲劇性的是，也是麗坤無意中知道了我的一段故事的真相，並且勇敢而殘酷地於信中告訴了我。在那封一九八四年二月十七日寄至病院的信中，儘管麗坤審慎地選擇文字、把握語調，可那簡略的文字依然似利劍穿透了我的心，那清冷的語調依然如江南的嚴冬一樣使我從身涼到心。我哭了，為我沒有回報的感情，為我未被善待的真誠。淚水漣漣中，我讀到了麗坤這樣的文字：「我們重新開始生活吧。生活中還有許多值得我們愛的，太多了。你讓我給你舉幾個我心中的：高倉健、勞倫斯・奧利佛、張明敏、巴黎、橫須賀……」

如今想來，麗坤那封信很大程度上決定了我以後幾年大學生活的基調，那樣的簡略、那樣的清冷、那樣的為淚水所浸濕、又那樣的含淚強忍悲痛，硬撐堅強地對自己說：生活中還有許多值得我們愛的，太多了……後來，這句話成了我鼓勵自己也鼓勵別人的人生格言。

生活中還有許多值得我們愛的，太多了……

我和麗坤的通信一直持續到畢業後她留京、我進京，前後近十年。在北京見面時，我們都說保留著對方所有的信件，並且將永遠保留。我們知道自己在對方心中的分量，我們珍視我們之間的友誼。後來，麗坤去了美國，我們的通信才斷了。

如今，當我鋪開麗坤所有的信件、再讀那些晶瑩剔透的文字時，我不知麗坤身在何處、過得怎樣，是不是依然還寫浪漫動人的文字，是不是照舊珍藏我所有的信件？但有一點我相信，那就是她一定在繼續發現著那些值得她愛的東西。我從信堆裏取出那封信展讀，眼淚忍不住又流下來，流到發黃的紙上，流到褪色的字上，流到我十七歲年輕的淚水凝就的無法抹去的痕跡上。

「多少年之後，你總得對自己有個交代……」

這句話出自一篇題為〈家．夜．太陽〉的文章，文章刊載於一九八七年的《上海文學》。

最初，我之閱讀那篇文章純粹是出於好奇，因為據說那篇文章與我的一位女同學有著微妙的關係。那是一位非常漂亮可愛、純樸善良的同學，畢業後分配至北京郊縣的一所高校，後來嫁給了一位著名詩人。而那篇文章乃是詩人已故前妻的絕筆之作。

那是一篇以第二人稱展開的文章，通篇都是一個女人深夜等待愛人歸來的心靈獨語。那種刻骨銘心的摯愛、那種死心塌地的等待、那種沒遮沒攔的寂寞、那種欲哭無淚的絕望，一開始即深深地震撼了我，使我由衷地愛上了那篇文章，因為從那篇文章中我看到了自己的影子，讀那篇文章就像是與自己對話。而文章尤其令我感動的，是那種摯愛之後不恃外物的獨立、那種等待之後毫無怨尤的寬和、那種寂寞之後千錘百煉的平靜、那種絕望之後登峰造極的超然。因為於我，在經歷了那種摯愛、等待、寂寞、絕望之後，實在無法做到那種獨立、寬和、平靜、超然，實在無法若無其事地對自己說：「你開始幹你自己的事。你的時間很少，不容浪費。多少年之後，你總得對自己有個交代……」

其實，細想來，世界很大、人心很廣，世界如何變化、人心如何待我，都不是我所能把握的。我唯一可以把握的只是我自己。既然這樣，何苦要因世界的沉浮、人心的冷暖而改變自己甚至放棄自己呢？世界我無所求，人心我無所求，我只求對自己有個交代。

從此以後，不管是工作受挫還是感情不順，不管是懶散懈怠還是失意傷懷，我都會想起那篇文章，想起詩人前妻，我都會強打精神做自己的事、奔自己的目標，因為——多少年之後，你總得對自己有個交代……

很多年以後在北京郊縣，公幹的時候我聯絡上了我的那位同學。那時，詩人已去美國，我便住在了她的家中。她給我講了詩人與前妻和她的故事，而這個故事與我聽說的故事大相徑庭。我們也談到了那篇文章，她坦言懷疑文章的真實性。我無言以對。

如今，詩人前妻早已化作天國的一縷輕煙，我的同學早已追隨詩人移居美國，詩人與兩個女人的故事真相也早已無人追究。唯有那篇令我動容的文章還一直夾在我的日記本中，唯有那句感傷而堅強的話還時時迴盪在我的耳邊心中。我的同學告訴過我詩人前妻的真名實姓，可我沒有記住。我記住的只是那篇文章的作者，那篇文章標題右下角的名字，那個畫上了黑框的名字——蝌蚪。

「請不要說什麼辜負不辜負……」

雖然不如意事常八九，可我還是認為自己是個幸運的人，在學習、工作和生活的許多重要關口都能遇見無私給予幫助的人。為此，我深深地叩謝上蒼，並立意好好學習、工作和生活，以此報答那些幫助過我的人。士行便是他們中的一個。

我與士行相識於十幾年前一次偶然的談話。當時，他是北京知名戲劇記者，而我只是一個為分配進京而奔波的外地大學生，在屢試屢敗之後正心灰意懶打點行裝準備離京回校。我從未想過正是那一次談話使我從此有了一位可以引為兄長的朋友，並使我山重水複的京城求職忽然間柳暗花明起來。又經過了許多熱心人的幫助和許多例行的程序，一年以後，我滿懷喜悅到北京一家劇院報到。

在正式上班之前，我去見士行，我感激地向他表示，我很愛這個單位，很愛這分工作，我一定會好好努力，絕不辜負他的期待。當我說這些話的時候，我熱切地看著士行的眼睛，我以為那雙眼睛裏一定會有兄長般的殷切希望。然而，他的眼睛裏什麼也沒有。他說：「我當時只是覺得你這大學生不錯，也很不容易，應該幫忙。我並不期待你怎樣怎樣，所以，請不要說什麼辜負不辜負……」我的一顆滿是感激的心變得輕鬆起來。

後來，我離開北京南遷深圳，我對劇院覺得歉疚，也對士行覺得歉疚。臨行前，我去向士行告別，像在兄長面前認錯似地對他說：我真的非常對不起，在這裏工作時間不長，還沒有做出成績就離開了，總覺得辜負了你的期待。士行為我的離開有小小的驚異，但很快這驚異就消失了。他說：「當初我只是做了我覺得應該做的事，至於你今後怎麼發展，都是你自己的事。我並不對你有所期待，所以，請不要說什麼辜負不辜負……」我的一顆滿是歉疚的心變得輕鬆起來。

幾年以後的一個冬天，我途經北京，在劇院對面叫紅獅的咖啡館裏與已是知名話劇編劇的士行相聚。這是我們很久以來第一次見面。我坐在士行的面前，就像面對兄長一樣「彙報」我在深圳的情況，學習、工作、生活以及成敗得失、喜怒哀樂。士行認真地聽我的故事，偶爾問幾個問題，一切都很平和。可當我說希望我這些年的發展沒有辜負他的期待時，他露出有點茫然的表情，彷彿想了好半天關於期待與辜負的事，才說：「如果不是你提醒，我已經忘了多年前的事了，你沒有必要總是記住那些事。你發展得好我當然高興，可我對你從來就不存期待，所以，請不要說什麼辜負不辜負……」

不知為什麼，就在那一瞬間，我的心一陣感動，淚水順著面頰流了下來。這，就是那位曾經幫助過我的人。於他，幫助人就是順從己心，做自己認為該做的事；幫助人就是不計回報，不懷奢求，甚至對那個人自身的發展都不存任何的期待。於我，他就是一位善良而寬厚的兄長，伸手攙扶我走過艱難無助，然後揮揮手無言地離開，留給我一個廣闊的天地，讓我在這天地裏自由自在地來回，不是為了別人的期待，也不是為了辜負與不辜負別人。所以，請不要說什麼辜負不辜負……

淚眼模糊中，透過咖啡館五顏六色的玻璃，我彷彿又回到十幾年前的某個冬日，士行騎車帶著我，穿過一條條窄而長的胡同，從很遠的地方到劇院面試。我惴惴地坐在自行車的後座上，士行在前面使勁蹬著車，盡量用身體為我擋著風。到劇院後，士行以兄長般的口吻對我說：「記住路了嗎？今後就在這裏上班了！」凍成一團的我開心地笑了。

「毫無勝利可言，挺住意味著一切！」

這是詩人里爾克的一句話，我是從一本書的代序中讀到的。

那本名為《人在深圳》的書我沒有讀過，但那篇名為〈你家在哪裏？〉的代序我卻反復讀過多次，文中有幾處文字深深地打動了我。

例如，作者這樣描寫潮濕秋季中與女主人公的秦淮河之行：「我們在朦朧的雨絲中穿行於夫子廟的雕梁畫棟亭臺樓閣之間，泛舟於名聞遐邇的秦淮河上，有人指點著岸邊某一處房舍說這裏那裏就是李香君董小宛等等的香閨。似有絲竹歌舞之聲傳來。拭目再望，所指之處燈火全無，只是黑糊糊的一片……」每次讀到這裏，我都有種異樣的感覺，彷彿自己也泛舟於秦淮河上，含滿眼淚水，嘆一河煙雲，心裏清冷得生痛。

又例如，作者在文中提到，女主人公在南京的小旅社裏，玩弄一隻豆綠色的長脖子狐狸。狐狸是通靈的動物，來無影去無蹤，踏雪無痕落地無聲。「做一隻狐狸吧？」作者對女主人公說，「像你一樣，細眉細眼長長的脖子，再在脖子上繫一條綠色的綢帶，那簡直就美不勝收了……」每次讀到這裏，我總會看見一隻繫綠綢的長脖子狐狸，在雪原上迅疾地奔跑，美麗、詭秘卻又孤獨無比。我禁不住打個寒噤，淚水流出，心裏淒切萬分。

就是在這清冷與淒切中，我讀到了里爾克的話：「毫無勝利可言，挺住意味著一切！」我的心忽然抽搐了一下，我從未見過有如此一種絕望的等待、如此一種殘酷的忍耐、如此一種痛不知痛苦不言苦的堅持，可沒有如此的等待、忍耐與堅持，我們又何以蹚過那深沉如歷史的河流、越過那廣袤如生活的雪原，何以挺過那發自生命底處的清冷與淒切呢？就在那一瞬間，我方明白，挺住就該不抱希望、不言勝利，而其實挺住本身就是希望、挺住本身就是勝利。也就在那一瞬間，這句看似從容的話凝固了，成為了我心裏的永恆。我就這樣一遍遍默誦著這句話，扛著我清冷淒切的歲月，心裏的血不住在流，臉上的淚卻已風乾：挺住！挺住！毫無勝利可言，挺住意味著一切！……

儘管如此，圍繞著我的清冷與淒切卻依然在不斷地堆積蔓延，終於在幾年以後的一天到達極點，讓我幾乎無法自持。在風馳電掣的高速公路上，我感到我的身體正在一滴滴地化為水，我聽見我的心正在一塊塊地碎成片。這時，我很少響的傳呼機卻響起來。我取出一看，一位未留下姓名的朋友在上面留言：毫無勝利可言，挺住意味著一切！

我的淚水奪眶而出，沿著我臉上風乾的淚跡，無聲地流下。

挺住意味著一切！

後記

當我闔上《一個人的城市》的書稿的時候，我不得不承認，這本書依然非常單薄，雖然收入這本書的文章跨越了十年的時間；這本書依然非常粗糙，雖然我斷斷續續花了兩、三年的時間整理書稿。儘管如此，我還是十分珍視這本書，因為它是我對自己人生之旅的總結，是對自己作的一個交代。

本書的大部分文章最早以「城市屐痕」為題發表在深圳商報《文化廣場》上，我的編輯胡洪俠和東因立先生給了這個專欄全面的扶持。陳思和教授對本書的出版起到了重要作用，他和胡洪俠先生還為本書寫了序。姜威先生為本書的付梓付出了許多心血。李松樟先生給予了我莫大的支持。應必誠、張冠生、劉方、王洪濤先生以及洪平女士對本書的出版一直十分關心……沒有這些師長、朋友的無私幫助，也就沒有這本書。

我還要感謝我的家人，他們從各方面督促與鼓勵我的寫作。我尤其要感謝我的父母，我的寫作從他們的身邊開始，而他們卻沒能看到本書的出版。我一直愧疚於自己的逃離故土情結，愧疚於這如夢魘般的情結驅趕著自己走得離他們越來越遠，愧疚於我陪伴在他們身邊的日子實在太少、太少。我願把本書作為一份禮物，獻給我遠在天國的父母，願他們在天國的日子不再孤獨。

本書的出版預示著我的一個人生階段的結束和另一個人生階段的開始。我將把這本單薄粗糙的書放進我的行囊，繼續延伸我的足跡，鋪展我的人生之旅。

好書推介

154 飄泊的雲　莊因

藉親情撫昔，如飄雲流水，無限深思；不論人物速寫、域外棲遲的抒懷，臺灣青少生活的追記、日常隨筆的巧思，莊因的才情充溢，文筆清暢，諧趣盎然，是散文的上乘之作。

180 月兒彎彎照美洲　李靜平

客旅他鄉，誰問寂寥?舉目四地皆異客，月兒彎彎，誰與共嬋娟?美國，這旅人的夢土，你可曾來過?踏上了夢土，又可曾預料過夢醒時的滋味……

223 與自己共舞　簡宛

快樂原本存在人人心中，人，必先能接納自己，才有欣賞別人、接納別人的能力。與自己共舞，多麼美好歡暢的感覺!

228 請到我的世界來　段瑞冬

從文革時地無三里平的貴州，到社會福利最完善的瑞典北國，再回到改革開放後的上海，這三十年如雲霄飛車般的轉折，會發生多少故事？

230 也是感性　李靜平

歲月的光景倒影心潭，輕輕縱身滑入熟悉的過往。輕煙朦朧點滴盪去，時間在眼角留下了淚的足跡。穿越生命的顛躓，圓夢，不在遠處天際，而在心底的感性收藏……

231 與阿波羅對話　韓　秀

在陽光的國度與阿波羅對話，秋日午後的愛琴海波光粼粼，反射生命的絕代風采。世人的虛妄不過瞬眼，胸臆間卻永遠有激情在湧動。殿堂雖已頹圮，永恆，卻在我心中駐紮。

234 矽谷人生　夏小舟

負笈離國，不意竟成流轉的人生。對故鄉的眷戀之情，如輕風撫葉，似動似靜。面對多舛際遇的無悔堅持，且看小人物為夢想漂洋過海，在莫可奈何的命運中展現的生命智慧。

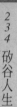

國家圖書館出版品預行編目資料

一個人的城市／黃中俊著.－－初版一刷.－－臺北市；三民，2003

面；　公分－－(三民叢刊；239)

ISBN 957-14-3810-3　(平裝)

855　　92009463

網路書店位址　http : // www. sanmin. com. tw

著作人　黃中俊
發行人　劉振強
著作財產權人　三民書局股份有限公司
臺北市復興北路386號
發行所　三民書局股份有限公司
地址／臺北市復興北路386號
電話／(02)25006600
郵撥／0009998-5
印刷所　三民書局股份有限公司
門市部　復北店／臺北市復興北路386號
重南店／臺北市重慶南路一段61號
初版一刷　2003年7月
編　號　S 81100-0
基本定價　參　元
行政院新聞局登記證局版臺業字第〇二〇〇號

ISBN　957-14-3810-3　(平裝)